JN162690

さぁ、信長を語ろう！

天美大河

郁朋社

さあ、信長を語ろう！／目次

装丁／根本比奈子

さあ、信長を語ろう！

尾張の夢

尾張の国の平野は広大という印象ではなく、多くの人々の営みが広いパノラマの中に渦まいて存在していた。

織田信長は生まれ、物心ついたときから那古野城《なごや》の事実上の城主として、この光景を見て育ってきた。

当時の那古野城は、現在の城（名古屋城）とは比べようもない、ごく質素な館のような存在ではあったが、平野である尾張一帯を観察するには、特に櫓《やぐら》から見わたせば、その点に関しては申し分ない存在だった。

信長は簡素な造りの櫓に登り、よく平野の中の人の動きをつぶさに見るのが日課であった。

「今日は、特に人が慌てて動きよるのう。祭りが近いとこうなるようじゃ」、などと毎日のように独り言を呟《つぶや》いていたのである。

三百六十度広がる世界を実感し、端が地平線の世界の中で人間がどのように割拠して動いていくのかを、自分の家に居ながらの感覚で幼少のときから体得していった。

海も含めて世界の果てまでを実感できる境遇にある彼が、視覚的に遮断され、実感として分からなかったのが、北方に見える山々とその先にある世界であった。

「あの山にも、もちろん民、人が居るのじゃのう」

直感的な洞察ではそこにも人々の生活があることが推測される。

ただし、生来自分の五感をもって体験するまでは、決して推測だけでは物事を自分の心理装置の中には組み入れない習性を持っていた彼が、山と共生する民や、山の中で生活する民の習性を自身の五感をもって理解したのは、もっと後になってのことであった。

まず山と共生する民に関しては、後に十六才のときに岳父斎藤道三と対面する頃までには、美濃に住む人々の習性としてはっきりと彼の五感の中に刻み込まれた。

しかし、視覚でも確認することのできないその先の山の中の民に対しては、その後も潜在的な警戒感を刻み続けることとなった。

信長が甲斐の武田信玄に対して過剰とも思われる警戒心を抱きつづけたのも、彼が山の中の民に君臨するカリスマという抽象性に対して、消化しきれない不理解を残したことが大きな原因であった。

そもそもこのカリスマという存在自体が信長には理解し難いものであった。

彼の父織田弾正忠家信秀も、確かに戦略、機智、経済感覚に優れ、尾張の守護大名斯波《しば》氏の陪臣のまた陪臣の立場ながら、織田家としても傍流の家系をまとめ、朝廷への工作さえも進んで行うなどの行動を見せた、人並みはずれた指導者であった。

信秀はまさに、尾張一国を自分の力でまとめて統治している実力者であった。ただし、それでも織田信秀は決して信長にとってカリスマというものではなく、偉大ではあるが等身大の武者であった。

翻って言えば信秀自身が息子信長へ伝えたかったこと自体が、虚構や格式などの目に見えない抽象物を排除した真のリアリズムを通じてのみ得ることのできる、現実的な圧倒的強さであった。

信秀はそのことを信長に強く望んでいた。

従って父親からも教わることのなかった、このカリスマという理解し難いものに対峙することが必然的に信長の人生に託されたテーマとなり、後に葛藤をもたらす真理的圧迫として押しかかっていった。

それでも後のことにはなるが、今川、武田、上杉との戦いを経験することにより、やがてそのカリスマについても自分なりにかなりのことは分かるようになっていった。

信長の結論として、個人としてのカリスマについては、表面的にそれが消える方法自体は至極簡単なことであった。

それはその人物が亡くなるということである。

たとえ人々の心の中にその人物のカリスマ像が存在し続けたとしても、それこそ信長が重要視している現実的な人と人の間の関連性は確実に消滅させることができる。

武田信玄、上杉謙信に対しては徹底的にこの方法を重視した。

そして長篠の戦いで信玄の子武田勝頼を破った彼には、ライバルである戦国武将におけるカリスマで、彼を凌駕する存在はもはや無くなってしまった。

他のカリスマの存在をあえて挙げれば、武家以外での宗教的なカリスマと、朝廷、天皇制に対するカリスマ性を残すのみとなった。

ただし、その中にこそ盲点があった。

人物に関するカリスマに関しては、彼自身もよく分かっているように、カリスマ自体を克服したのではなく、あくまでも信玄や謙信という肉体が自壊していっただけであり、彼らのカリスマという本質は、他の人々の心の中に痕跡として永遠に残り続けているのである。

信長自身もこのことも重々承知はしているのであるが、厄介にもこの痕跡が、平凡な人の心に状況と機会を許すことで突如として活動を伴って再生するものであるということ、要するにカリスマというものは最終的には他の人の心の中で生きた形で蘇るということにまでは、残念ながら、十分な思いが至らなかった。

このことが後に明知光秀に本能寺の変を許す一因となってしまった。

このような歴史に教訓を得たことも大きいが、後に天下をとることになる豊臣秀吉は、心理学者さながらに人の心を見抜く能力に長けていた。

保身術に優れていたこととも関連するのであるが、彼自身がカリスマを思う人々の心を熟知していたのであり、結果、そのことで人々の反発を受けて命の危険にさらされるようなことは一度としてなかった。

吉法師

天文三年（一五三四年）、日本史上最も有名といって過言ではない戦国武将である織田信長は、幼名を吉法師と名づけられ、戦国大名織田信秀の嫡男としてこの世に生を受けた。

吉法師は赤ん坊の頃からとても癇が強く、その為何人もの乳母の乳首を噛み切っては困らせたという逸話がある。

家中では乳母探《さが》しが大変であった。

「あの頃は……」

信長は回想をする。

何となく覚えているのは物足りない自分がいたことと、物心ついたころからの乳母との楽しい思い出であった。その乳母の名は養徳院といった。

養徳院は摂津の池田恒利（滝川恒利）の後室であり、後の戦国大名池田恒興の母であったが、その器量の良さを見込まれ、嫡男吉法師の乳母として織田家に迎えられた。

織田家を訪れた彼女は、筆頭家老の林秀貞から事の難しさをとくと説明された。

「吉法師様は突然機嫌が悪くなりますと、もうどうにもなりませぬ。そうなると赤子に慣れた女どもでも何をしたらよいのか分からなくなり、もう泣きたくなるような様子でございます。私らも見ておれませぬ」

「まあ、そんなことに……」

養徳院は深刻な事の実態を知った。

彼女は自分の経験から妙案を得ようと色々と思い巡らせたが、これといった答えは出なかった。

そしてもはや、「そうするしかない」という決意が浮かんできた。その旨を秀貞に告げることにした。

「林様、吉法師様に一目会わせてくださいな」

「今日は特にご機嫌が優れない様子じゃが、よろしいであろうか？」

秀貞は心配げに聞いた。

「それならなおさら今、会いとうございます」

養徳院はきりっとした表情で答えた。

「うむ。それならそうします。こちらにどうぞ」

秀貞はおそるおそる吉法師の部屋に彼女を案内した。

養徳院は吉法師に初めて対面した。しかし、不思議に彼の全身からあふれ出る覇気のようなものを感じ、しばらくは近づくことができなかった。

「ご機嫌を損ねなければよいが……」

秀貞は祈るように呟いた。

その時、「あっ……」と養徳院は何かに気づいた。

そしてその覇気のようなものを避けたり恐れたりせず、彼女は何も無かったように自然に近づいた。

そしてまさにそのまま包み込むように吉法師を抱いた。

「まずい！」、秀貞は吉法師の猛烈なかんしゃくを覚悟し、思わず下を向いた。

しかしそのようにすると、吉法師はいつもの過敏さも見せることなく、静かに抱かれたままであった。そして彼はそのまま眠りに就いた。

初日のその出来事以後、驚いたことに吉法師の機嫌の波は無くなり、不思議なほどに平穏な日々が続いた。


養徳院は吉法師の快いところと不快なことにも特によく気付く女性で、お乳の要求ではない空腹以外の気持ちについてもよく心得ており、知らぬ間に彼の心を落ち着かせていた。

また、吉法師が乳児である頃、すでに人の観察を始めていることに気付いていたのもやはり彼女、養徳院であった。

ある日、吉法師が例に倣い、気に入らないことがあるときに養徳院の乳首を噛んだ。

「若様！」

とこの時、他の乳母と異なり、養徳院は涙を浮かべながら吉法師の顔をじっと眺めた。そしてしっかりと抱きしめた。

今までの乳母にない反応に吉法師は驚いた。驚いて見つめた視線の先には、じっと自分のことを見つめ返す養徳院の視線があり、吉法師の感情をそのまま包み込んだ。

この時吉法師は、初めて自分の不愉快が乳母の能力の欠落や怠慢などの外部から生じたものではないことを直感で覚った。

また本来の母親がそうであるが、愛情というものを持って自分に向き合ってくれる女性が存在することを知った。

後世、信長は、寛大な母性を持った女性に驚くような親しみを持って接することが見られた。

この事に関しては養徳院に育てられた経験が大きかったのであろう。

後の秀吉の妻（ねね）に送った、「そなたはあの禿げ鼠（秀吉）にはもったいない器量のあるお人じゃ」という内容の手紙にも、信長のそのような女性に対して見せる、人間味のある特性を垣間見ることができる。


一方、養徳院と出会う以前には、吉法師は自分にとって何らかの不快な感情をもたらす乳母の乳首を思い切り噛み切ると、次の日から別の乳母、別の乳首が現れるという体験を乳児の頃から経験した。

ある意味このような経験を繰り返すことと、その後に特に気に入ったとされる乳母（養徳院）に巡り会えたという対照的な経験をしたことが、成長してからの信長の思考行動パターンに少なからぬ影響を与えたと思われる。

つまり、気に入らないものを拒否、破壊し続けることにより、ある日突然求めていた理想的なものに偶然出会えたという、他の子供には決してない稀な成功体験を乳児期の折に経験したことが、信長となった成人以後の行動パターンにも大きな影響を与えた可能性があると考えられる。

（養徳院は後に信秀の側室ともなっているので、信秀信長親子をともに惹きつける魅力を持ち合わせた女性であったのだろう）


もちろん実母の土田御前も同じ城内に住み、日常的に彼と対面はしていた。しかし、彼女はわが子である吉法師を抱きしめることもなく、ともに涙を流すことも見られなかった。

那古野城においては、節目の折にはもちろんのことであるが、儀式を伴うような正式な母子の対面もあった。

その時には、

「若様、大きくなられましたこと」と土田御前はことさら丁寧にわが子を敬った。

彼女はわが息子に対して、幼少時から自分と対等以上の者として、常にある程度以上の距離感を持って接していた。

それはまた、吉法師が事実上の城主として育てられていることから、城内のしきたりとしても当然の接し方ではあった。

「うん」

吉法師は目の前に座っている美しい母親を自分の感情とは切り離して、自分を産んだ生き物としてその状態をつぶさに観察した。

彼女は弟の秀孝を身ごもって腹が大きくなっていた。横には二歳年下の弟の信行が行儀良く座っていた。

「あの中から自分もこの世に出てきたのだ……」

吉法師は自分の発見に妙に納得した。ただし何故か母親に甘えたいという気持ちや、横にいる弟と遊びたいという気持ちを抱くことはなかった。


そのように吉法師は癇が強く気も強い子供であり、落ち込んで元気が無くなるようなことはなかった。必然守役も早々と多くが男の手に委ねられることが多くなり、闊達で内省を醸成させる間もなく、すべてを外にさらけ出す性格に育っていった。

武家の嫡子としての教育も受けるには受けたが、その前に自然に自主的に行動しているタイプの人間に育ち、早熟で他者を寄せつけなかった。


筆頭の家老である林秀貞は実務的な男で、信秀から任された細々なことを着実にこなしていたが、自ら吉法師の内面に近づいていくようなタイプの人物ではなかった。

「政秀殿、後はよいな」

秀貞は務めを果たすと実際の吉法師とのやりとりは、同じく家老である平手政秀にそのまま委ねた。

結局第二家老の平手政秀に実際の傅役《もりやく》が任されていくこととなる。

吉法師は自ら傅《めのと》に近づいていくような性格ではなく、どことなく逆に彼らを観察している所があり、特に政秀以外の傅とはことさら距離をおいて接していた。

このことが良い面では彼の自主性を育み、悪い面では独善性の種を育てていくこととなる。必然、彼には身の回りの世話をする家臣、侍女はいるものの、武家としての正式の教育的な役回りをする者は政秀以外には存在しなくなっていった。


平手政秀という家臣は、人情味もあり、能力的にも武将としての働きも存分にこなし、外交能力は高く、信秀の多才な政治手腕を補うにはうってつけの家老であった。

いわば信秀政権の合わせ鏡的な存在であり、世間に織田信秀ありということを大いに知らしめる存在であった。

そして彼は吉法師の教育係としても申し分のない人物であった。

実際、吉法師とのコミュニケーションも他の家老と比べると格段に上手であり、吉法師も幼少期には父の信秀とともに政秀をモチーフとして心中で大人の男性像を育てていったものと思われる。

多忙な政秀であったが時を見つけては足繁く那古野城に赴き、怠ることなく吉法師の武家の跡取りとしての教育に努めた。


そんなある日政秀が口を切った。

「若様、今日は武士の伝統的な務めについてお聞きいただきたく存じあげます」

それに対し吉法師が早速注文をつけた。

「爺、単なる説明は駄目だぞ。武田や今川の強いところではそれをどう変えているかも教えてくれんと困るぞよ」

(また始まったか……)と思いながらも政秀は、笑顔で調子よく答えた。

「おう若様、そういう面では大殿様の信秀様は、商人や間諜を使ってぬかりなく十分にお調べになっております。御安心なさってください」

「うむ。それなら聞く。ただ、武田や上杉には分からんことが多いのじゃ……」

吉法師は既に別なことを考えている風で下を向いた。

吉法師はこのように政秀が居ても、自らの毎日の日課である自身の思考による鍛錬を普段と変わりなく繰り返していったのである。


時はもう少し過ぎたある日、古渡城《ふるわたり》でのこと。

吉法師の元服が近づいたある日、政秀は城館に赴き、何かを訴えるかのような困った表情で信秀に近づいた。

さすがの政秀も吉法師への対応には主君の信秀に対するそれよりも苦慮していたようである。

政秀は信秀にすがるように訴えた。

「若様は殿中の儀礼や武士としての心得を教えましても一向に聞いてくれませぬ」

信秀は笑った。

「そうか、あれはわしも好きではなかった」

「和歌や宮中の遊び、能にも興味はございません。あれほど趣があり、おもしろきものはないかと思いますが……」

政秀は首をかしげた。

「ふむ。武芸はどうじゃ？」

そう、信秀から政秀に問いかけた。

「武将としての立ち振る舞い、陣の取り方やらを教えますが、一応聞いた風な様子かと思いましたら、突然槍を取り出して、長さはどれぐらいか、武田の槍より長いのか、重いのかなどと聞いてはそのまま黙ってしまいます」

「なるほど……」

信秀は深く感心する表情を見せた。

「せめて身だしなみを整えてもらわねば、田舎侍と笑われてしまいます」

政秀は身を縮めた。

「はっはっは！　あれは滑稽じゃ」

信秀は大声で笑った。


それでも政秀が気をもんだ甲斐もあり、十四歳で吉法師は古渡城にて無事元服し、上総介信長となった。

さらに天文十六年（一五四七年）には政秀ら家臣のお膳立ての上で初陣を迎えた。

信長公記によれば、紅筋が入った頭巾を被り、見事ないでたちで三河の吉良、大浜に出陣し今川軍の諸所に火を放ち、翌日には那古屋に帰陣したとのことである。

「若、おみごとでございましたぞ」

平手政秀、青山与三右衛門らの家老は大喜びであった。初陣は無事大成功であった。

しかし初陣に気を良くした信長は、次にとんでもない行動に出た。

朝から若武者をひきつれた信長は馬に乗り、先頭で一気に駆け出した。

「ようし、今日はやるぞ。ついて来い！」

彼が向かった先は清洲であった。

何と表面的には家臣としての立場を保ってきた主筋の織田大和守家の支配する清洲城下に近習の若衆を連れて猛烈に駆け巡った。そして、城下に突然火を放ったのである。

「わしは清洲の達勝《みちかつ》の下になんぞつかんぞ！」

信長は大声で絶叫した。そして彼は、側近の大柄の若武者に声をかけた。

「犬千代、火をつけろ！　相手が出てくれれば主の槍の力試しじゃ」

声をかけられたのは、元服前の前田利家（犬千代）だった。彼は尾張荒子村の土豪、荒子前田家の四男坊であった。

「おうさ！」、まだ初陣前の犬千代は意気に感じていた。

彼は信長と寝食を共にして過ごし、親衛隊の中で佐々成政等と並び若き時から目をかけられ活躍していた。

後、長身の体躯を活かして〝槍の又左〟と評される槍の名手に育っていった。

興奮した犬千代は勢いが止まらなかった。彼はさらに過激な行動を信長に求めた。

「殿、いっそこのまま全部焼いてしまいましょうか」

しかし信長は、それにはさっと首を横に振った。

「いや、清洲の町はいずれわしのものになる。清洲衆の奴ら以外は傷つけるな」

そう信長は念を押してその案を収めさせた。

後に母衣衆《ほろしゅう》と呼ばれることになる織田側近軍団の核となる若者を引き連れて、大いに猛威を振るったのである。


このことは父信秀にとっても寝耳に水の行動であった。

「何、信長が清洲に火を放ったとな？」

信秀は神妙な表情を見せた。

しかし信秀は結局信長のこの行動を黙認した。というよりも、自分自身も時には武力をもって清洲勢を制圧することを何度かやっており、内心逆に信長の行動力を高く評価していた。

「確かに時にはとりあえず力で抑えることも必要なのじゃ。あいつもなかなかやるわい」

信秀はある種満足した表情を浮かべた。

「それにしても……。火消しはわしの役目じゃ」

信秀は家臣を連れて清洲に向かった。

城主

時代は遡る。

那古野城については次のような言い伝えがある。

天文元年、織田信秀は当時那古野城主であった尾張守護の斯波義統の妹婿である今川氏豊から連歌の詠み会に誘われたのを好機として、仮病を用い家臣を城内におびき寄せ、火を放つなどの陰謀を働き、氏豊を追放し、那古野城を我がものとした。

信秀はその後も勢力を拡大し、天文八年（一五三九年、天文元年の説あり）に古渡城、天文十七年（一五四八年）に末森城を築きあげていった。


吉法師（信長）が六歳の頃までには信秀は完全に古渡城に移っていた。

必然、以前から多忙であった父信秀の姿を彼が見ることがますます少なくなり、手本としての父親の姿を直に見る機会は明らかに減ってしまった。

「父上も言っていたが……、俺は自分の力で強くなっていかねばならん」

幼い城主は心に誓った。

実母土田御前も弟勘十郎信行とともに古渡城に移り、傅の平手政秀さえも信秀に付き従うことが多く、嫡男でありながら吉法師には常時付き従う傅もいない状態となった。

つまり事実上の城主ではあるが、実際は〝名誉あるほったらかし〟に近い状態になった。

また、吉法師にとってかろうじて自分が望む愛情を注いでくれた女性である養徳院さえも、父信秀の側室となり、彼のもとを去ってしまった。

父信秀は手本になるべき憧れの存在でありながら、同時に自分の最愛の乳母を奪い去った存在にもなった。

「わしの周りには（家の中の重要な）人は誰もいなくなった……」

そう吉法師は誰に言うともなくつぶやいた。

しかし、この問題を「寂しい」とか「虚しい」という感情や「父や母をうらむ」という気持ちを伴って捉えることはなく、「政治的な人間関係は感情から切り離されたものである」という、ある意味無機質な独特の感覚をこの栄誉ある孤独の中で育てていった。

政治が絡んだ瞬間に、人間としての感情を切り離して、自分の理解だけで人間関係を判断する習性を次第に身につけていったのである。

それと同時に、「今、既に那古野においてわしは一番の身分であるから、このままでもよい」という妙な現状肯定型の感情を育んでいくことにもなった。

この頃から自分が守るのは直接の人間関係でもなく伝統でもなく、自分を中心とした城主としての

「この体制や領地に他ならない」という気持ちが、この後永年に至るまで続いていくことになる。

「この城の領地はわしのものじゃ。わしの力で守るのじゃ」

誰から言われずとも吉法師はその思いを心に強くしていった。

実際、誰にも干渉されず那古野城主として、自分の思いのままに振る舞うことが可能となった。領内では確かに上に信秀の存在はあるにしても、直接には影響されずに国主の振る舞いが許されていった。

このような環境の下、精神的にはある種隔離された状態で、自尊心と独立心は飛躍的に成長していった。

「我はこの領地をまもる。我がこの領地をまもるぞよ」

実際の国主である信秀の存在をさて置き、吉法師はすでに領主のつもりで日々を過ごしていたのである。

信秀が古渡城を築いたこの頃から、那古野城主としての吉法師の自己鍛錬が本格的に始まった。吉法師は朝起きると早速馬に乗り、鍛錬を開始した。馬を鍛えることを怠る日は一日としてなかった。

彼は幼少時から自前の家臣を持ち、またそれでやり抜いていこうと思った。必然地所の悪童とのつきあいが頻繁になった。

町を歩き、活きのいい若者をどんどん見つけていった。

「おいお前、力があるのう。城で槍をついてみんか」と吉法師は次々と彼らを誘った。

農家の次男三男や商人の家業からあぶれた息子の中から合戦に使えそうな者を見つけ、自分だけの判断で誰にも相談せずに家来に召し抱えた。

やがて後には彼らの中で特に優秀な者を母衣《ほろ》衆として、寝食を共に過ごし、正式な家臣に召し抱えていくこととなった。

決して父親の家臣はそのままうのみにして信用することはなかった。

家来は自分の目で見てその能力に応じて調達しようと思った。


吉法師は悪童を引き連れての陣地取りや魚とり、竹槍合戦、石合戦、それを基にした家来としての品定め、彼ら家来を独自に配置しての鷹狩りを好み、自ら水泳に励んだ。

それらはすべて合戦に向けての予行段階でもあった。

吉法師（信長）にとっての戦い、合戦の準備は幼少時より既に始まっていたのである。

大好きな相撲も相手を組み伏せる有効な手段であった。

後にはなるが、種子島の銃を手に取り、合戦での使用を決意した。

文化的な面では、京の貴族、山科言継の賞賛を受けるほどの教養人であった平手政秀から、跡取りとなるための教育を受けた。

ただ、傅に言われたそのとおりに行動すること、強いられることには徹底抵抗した。

吉法師の優れたところは、一つ一つの教育事項に関しては、自分の判断で徹底的な取捨選択を行ったことであった。

必要だと感じた知識については政秀に、「爺、もう一回教えてくれ」と吉法師から逆に質問責めにあわせた。

政秀から源平合戦のはなしを聞かされた時、吉法師は突然次のような質問をした。

「義経が屋島に渡ったときの強い風は、この前の伊勢を襲った大風とどっちがどのように強かったのか？」

源平合戦における両軍の配置や戦略に関しては特に目を輝かして聞いていた。

「それは……どちらかは……」

政秀は答えに窮した。

吉法師は一瞬睨《にら》むような厳しい目で政秀を見つめた。

「爺、それでは困るのじゃ」

吉法師はしばらく考え込んだが突然何かを思いついたのか、ぱっと明るい表情に変わった。

「よし。今度風が来たときに試そう。船頭と船をすぐに出せるようにしておいてくれ。乗る奴はわしが決める」

相撲や鵜飼、鷹狩りに関してはさほどそれに興味のない政秀を困らせるほどであった。

「若、そのことはさすがに存じ上げません」

政秀はまたしても答えに窮した。

吉法師も政秀の教養に関しては十分に認めてはいたが、自分の興味あることに質問を集中してさらに政秀を問い詰めた。


また、父信秀が顔を出したときには唐突に自分の疑問を父親にもぶつけていった。

吉法師が信秀に聞いた。

「父上、この前の戦《いく》さの陣形に関して教えて欲しい。父上の出した兵の陣形は鶴翼と言われるものなのか、それとも雁行を二つ組み合わせたものなのか？」

ちょうど対今川戦で連勝を重ねていた頃であり、当時吉法師は信秀の兵の出し方に強い興味を抱いていた。

信秀は、彼が吉法師に大事なことを言う時に見せる、普段には見られない鋭くまじめな表情で答えた。

「吉法や、いいか。あれは形がないのじゃ」

「形がない？」

吉法師はしばらく分からず、下を向いた。

そして何かに気づき、再び問うた。

「それは武田がやっている、風林火山の態勢というものなのか？」

しかし、それに信秀は瞬間に否定した。

「いや、孫子の有名な兵法とは言え、あのものは毒じゃ」

「毒？」

吉法師はさらに分からなくなった。

「そうじゃ。知恵は自分を助ける薬になってくれるものじゃが、戦さでそれに頼ると必ず敗れて命を落とすことになるのじゃ。毒と思っとかないといかんのじゃ」

信秀は自身の戦さでの危ない体験を思い出したのか、すこし汗ばむ様子を見せた。

「……」

吉法師はしばらく黙っていた。

そしてしばらくすると信秀の表情から何かを察したようだった。

やがて、「父上、分かった。形などはあってもないということだな」と一言返した。そしてそれ以上は何も聞かず、自らの鍛錬の場に戻っていった。

信秀は、その息子の背中をしばらくじっと見守っていた。

この親子は通常は最も難しいと思われる物事の本質の部分が伝わる親子であった。

信長は信秀から得られた訓戒を、自分の消化できる形で取り入れていった。

信長も信秀もお互いに、素の人間としての強さに関しては認めあっていたからこそ、考えの違いこそあれ、自由で柔軟な意思の疎通が可能だったのである。

絶頂期

織田信秀、信長親子の活躍する時期の、尾張の隣国、三河の情勢について話しておきたい。

天文四年（一五三五年）、信長の父信秀は、徳川家康の祖父松平清康が森山崩れという内紛で亡くなるという混乱の機を見逃さず、三河に侵攻を始めた。

天文九年(一五四〇年)二月、清康の子松平広忠は尾張の鳴海城を攻め、挽回を図るが逆に敗北する。このことにより広忠は、国境の西三河の松平の居城、安祥城の城代に松平長家を置き、千名ほどの兵で守りを固めた。

織田家に対して、広忠は徹底抗戦する構えであった。

天文九年六月、織田信秀は水野忠政とともに三千の兵（織田氏の騎馬隊二千に水野氏の歩兵千）により安祥城を取り囲んだ。

水野忠政は徳川家康の母方の祖父にあたる人物であるが、織田信秀の人物的魅力に惹かれたこともあり、松平を見限り、一家の存亡を信秀に託していた。

信秀の得意とするのは圧倒的な兵の動員力とその配置の巧妙さ、相手を攪乱《かくらん》させる予想外の兵の動かし方であった。

また持前の財力により、東国始め各地から駿馬の類を惜しみなくかき集め、武具の装備も申し分なかった。

織田勢は安祥城の北方の高台に主力の騎馬隊二千を据え、南方に水野氏の別働隊千を配置した。

「水野殿そちらは南にお控えください。私らが上から多くの馬をもって攻め込みますので、こぼれ出た兵の首を討ち取っていただきたい。手柄はそちらの取り放題じゃ」

信秀が気前よく忠政に進言した。

一方、対する水野忠政に寝返られた松平勢は水野氏とほぼ同数の千の歩兵を集めるのが精一杯であった。

「斬りこめ！」

松平勢は松平長家の号令の下決死の斬りこみをかけ、初めの頃は好勢であったが、押しては引く緩急自在の戦法を巧みに操る織田水野連合軍に次第に劣勢となった。

両軍合わせて千人以上の死者が出る大激戦であった。長家など松平勢の主だった武士五十人以上が討ち死にする結果となった。

そして終《つい》には安祥城の囲みが解かれた。

織田水野連合軍が勝利し、安祥城を奪い取ることに成功した。

戦さに勝ち、信秀が忠政に声をかけた。

「だいぶ水野殿方にも思いのほか、命を落とす者が出てしもうたな。面目ないことじゃ」

「いや、刈谷を守っていただくことこそがわしの望みじゃ。信秀殿、痛み入る」

忠政は信秀の手をとり、丁重にねぎらった。

信秀はさらに言葉をつないだ。

「これで三河の西は我らのものじゃ。まずは城にはわが配下の者を入れて守らせますが、後には息子の信広にまかせるつもりなので、水野殿からも遠慮なく何なりと言ってくだされ」

信秀のまさに絶頂期であった。


ある意味、この信秀と水野忠政の蜜月な関係が後の織田、徳川両家の運命に決定的な影響を与えていくこととなる。

織田家としても水野氏との関係が強化されればされるほど、対今川の立場をとることとなり、やがて信長の時代に桶狭間の戦いを経て、今川家の衰退、滅亡、さらにその後、清洲同盟による織田徳川協力体制へと歴史を導くこととなる。

永禄五年(一五六二年)、信長と家康が清洲同盟を結ぶ際、忠政の子水野信元はその仲介役となった。


この天文九年の安祥城の落城後、松平氏の家臣が織田に降伏し、織田方は勢力をますます強め、やがて松平氏の本拠地岡崎城が視界に入るまでになった。

天文十一年（一五四二年)、この織田氏の西三河への進出に対して、同じく駿河より三河進出を画策していた今川義元は大兵を率いて進軍した。

これに対して織田信秀は、安祥城を出て今川軍に岡崎東南の小豆坂にて応戦した。

この戦いは織田方の小豆坂七本槍とよばれる名将の働きにより織田軍の勝利に終わったと言われている。

信秀としてはこの上ない戦果であった。

「いよいよ三河が手に入るぞ」

信秀は気分が高揚した。


しかし、絶頂期にこそ滅亡の危機が潜んでいるというのが歴史の常であるが、信秀の快進撃もこの類にもれないこととなってしまった。

この後、織田家は予想もできない苦戦を強いられることになる。

その大きな要因は、信秀が勝つことにより戦線を広げすぎてしまったことであった。

具体的には美濃、駿河への両面攻撃が作戦として、この上ない拙い展開となってしまった。

美濃の斎藤道三、駿河の太原雪斎《たいげんせっさい》という、兵術、戦略、人心の真理、機微についての全てを知り尽くした才のある軍師は、尾張の虎と言われる織田信秀をもってしてもなお手におえない、御しがたい存在であった。

また他の何よりも、この両者を同時に相手しなければならないという状況こそが信秀を窮地に追い詰めていった。

必然対今川、斎藤の戦いというものは、時が経つにつれ織田家にとって厳しく不利な状況となり、信秀の当初の思惑とは違う方向に進んだ。

そこで天文十八年（一五四九年）、信秀は平手政秀の取り纏《まと》めにより、嫡男の信長と斎藤道三の娘濃姫を政略結婚させることで、斎藤家とは和睦する政策を進めたのである。

とりあえず信秀は、美濃と駿河から挟み撃ちされるという最悪の事態は未然に防ぐことができた。

父の背中

時間の流れを少し止めることになるが、戦国の英傑織田信長を語るにおいて、父信秀との関係を深く掘り下げてみたい。

信長は信秀のどのようなところを見て育ったのだろう。

そもそも信秀、信長の属する織田弾正忠家は、尾張の守護大名斯波氏の守護代である清洲織田大和守家から見て分家の家臣であり、清洲三奉行の一人に過ぎない立場の家柄であった。家格は、とても高いとはいえない存在であった。

そのような立場ながら信長の父信秀は独特の戦略、戦術を組み、織田弾正忠家の武力を高めていった。

織田信秀の戦いというのは、本来弱兵である尾張兵を率いての戦いであった。

尾張兵というのは土地への執着心は比較的薄く、金銭感覚に鋭敏で、物事の損得勘定に敏感に反応する傾向が強かった。戦力としては脆弱で、数では上まわっているはずの敵の先兵にも度々押し返されることも度々あった。

その弱兵の尾張兵でありながら、信長の父信秀は利と人情で人を操り、戦術的には相手の意表をつくゲリラ的な戦術も用いながらこれを巧みに率いて尾張中西部に勢力を広げ、天文八年（一五三九年）に古渡城、さらに天文十七年（一五四八年）には末森城を築きあげていった。


そんな、古渡城を築き破竹の勢いを見せていた頃、多忙を極めた信秀が珍しく那古野城の信長（吉法師）のもとを訪ねてきた。

自分なりに日々強くなる為の鍛錬に邁進する吉法師であったが、もちろん本当の戦さについてはいまだ未経験であった。

戦さに関して、まだその本質をつかむことはできていなかった時期である。

信秀が到着し、腰を下ろすやいなや、吉法師がつかつかと近づいてきた。

吉法師は、以前の陣形に関する質問の時のように、唐突に信秀に尋ねた。

「父上、どうしたら戦さに最後勝つことができるのか？」

今回吉法師は戦《たたか》いに関する本質的な問いかけを行った。

質問された信秀は疲れも見せず、大きな丸い目で吉法師をしばらくじっと見た。そして言い聞かすようにゆっくりと答えた。

「それはな……。大事なことは戦さの最後を考えないことじゃ」

「考えないこと？」

予想もしない返答に吉法師は驚いた。

「最後は考えずに戦さを続けることで、財がある方が有利になるのじゃ。財がないやつはなきついてくるのじゃ」

そう信秀は続けた。

「戦さとはそんなものなのか？」

吉法師は聞きながらも呆然としていた。

「そう。そんなものじゃ」

信秀は言いきった。

「わが領地はそんなに財があるのか？」

「熱田や津島を見ろ。人と物が行き交うところに銭は集まるのじゃ」

「それでは父上は……」

「ずっと戦い続ける！」

信秀の言っていることは確かであった。

現状、現実を考える上では戦い続けることがもっとも尾張の織田弾正忠家の確実な生き残りの策であった。

信長（吉法師）は、素直に父親の現実を生き抜く力への尊崇の念を抱いた。

またそれとは矛盾、相反することであるが、同時に、明確なビジョンを持たない妥協的な信秀の将来像には、ある種の失望の感情も抑えることができなかった。

「よし、吉法にも会うたし、城内も無事じゃ。古渡の城に戻るぞよ」

吉法師に会って、さらに那古野城内を回り、家来衆、女子どもにそれぞれ、一人一人に別々の声かけを行い、信秀は早速帰りの仕度を始めた。

「やっぱり大殿の顔を見ると安心じゃ」

城内の者全ての顔色が、日がさしたように明るくなった。信秀には人の心を掴む才能があった。

吉法師は父を見送り、その背中を頼もしく感じながらも、同時にある種の焦りの感情も高まっていくのを感じた。

「父上のやり方では、わしの先が見えんのじゃ……」

この後もずっと戦う父親の背中を見続けることは後の信長の大きな力となったが、同時に彼には自分が生きていくために明確なビジョンが必要であった。それを自分で見つけていかなければならない宿命をこの日はっきりと自覚したのであった。


このように意見の相異もあり父の言葉には驚いた信長であったが、皮肉にも戦いの歴史においては、信長の人生も父信秀同様、結果的には本能寺の変に至るまで終生戦い続けることになった。奇しくも親子の因縁を感じさせる生涯となるのであった。

似た者親子

信秀、信長親子には戦術面に関して、明らかに共通する点が見られる。

まずは戦いの独創性についてである。

織田信秀は、戦国大名としての兵の動かし方等の才能はもちろん十分にあったが、戦術に関しては、独創的ではあるが、ややもすると兵数に頼り我流の域を出ない部分も正直認められた。

晩年にはこのことが災いしたのであろう。大きな敗戦が目立つようになった。

天文十六年、斎藤道三の本拠地稲葉山城を攻撃するも、加納口の戦いにて反撃を受けてこれに敗れる。

また天文十八年、今川軍を率いた太原雪斎には安祥城を攻略された。

結局対今川、斎藤軍においてはかなり不利な展開の戦いを強いられることとなった。

この戦術面に関しては、子の信長も独創的な戦術を追及していく立場をとることとなる。

結果、信長も父同様、結局安定した常勝軍を創り出すまでには至らず、後の桶狭間の戦いのように電光石火の奇跡的な勝利を収めることもあれば、大坂での石山合戦のように有効な手段を打てず、長期にわたる辛抱を強いられる拙戦も経験した。

また信長は信秀の嫡男であり、生来から似ているところも多分にある。

まず人物としての行動面、その活動量では他に追随を許さない精力家であり、いったい何時この二人は休んでいるのだろうかという疑問を抱かせる。

言葉は少し悪いが、目的を果たすまでは飽きもせず同じことを繰り返し続ける、ある種の懲りない常同的傾向を父子ともに持っていたと思われる。

信秀の生来の多動性は目を見張るものがあり、ついに終生一所に留まることなく生涯を終えた。

逆に言えば、自らが動いていなければ何らかの行動もとれない様でもあり、すべての行動が対人関係を含めて、自分との関係性の中で動いていった。この世の中は関係性によって動く相対的なものであるという、信秀自身の考えを具現化していくような人生であった。

信長も信秀の活動性を引き継いでおり、終生一所に留まることなく生涯を終えたという点では全く同様な精力的な行動家であったが、反面、成人するまでの那古野城での長きにわたる城主としての生活が独特の視点、思考性を成熟させることになった。

生まれながらの事実上の城主として、那古野城からの定点観測、観察を経て元服を迎えた信長は、視点においては明らかな定点的な観察眼を持つに至った。

父信秀は終生住処を変え、城も移り変えており、良くも悪くも定点から人や世の中を長期に継続的に観察する経験を持たなかった。

その点信長は観察的に世の中を捉えていく習性を持った。

彼の行動には本人にしか分からないが、しかし明確なビジョンがあり、その実現のために手段を選ばずに大胆に行動するというパターンを幼い頃から次第に形成していくこととなった。

両者の行動の内容に関しては、自分流のやり方を徹底しているという点において非常に似通っている。だからこそでもあるが、他人に自分の生き方そのものを強要することは全くなく、それ故信秀は信長に何らかを強要することなくそのままこの世を去っていった。

「お前はお前の思ったとおりにやればよい。強くなるのに必要なのは自分の力じゃ」

信秀は常々信長にそう伝えた。

またそのことを最も理解していたのは嫡男信長であった。

異なる親子

信秀、信長親子の異なる面ももちろんあり、信長を語るにおいては大変重要な観点である。最も異なる面が見られるのは戦略家としての立場である。

この観点から二人を見てみよう。

信秀と信長の最も大きな違いは、既存のものを最大限に利用し、その時々のあらゆる手段を講じて勝利を手にしていく柔軟な兵法家である信秀と、あくまで自分自身に有利な戦術を積み上げ、広げていく構想的な兵法家である信長との違いであった。

猛烈な現状肯定主義者である織田信秀は、勢力拡大という点では、父の織田信定の築きあげた弾正忠家における躍進をただひたすら増大させることに心を砕いた。

政策において信秀は父の信定の政策の拡大者であった。

現実の人間関係を重視し、その中で自分のやれる最大限、全てのことを巧みにやり抜くというのが、信秀のスタイルであった。

必然、身分関係においては、現状保守を容認する立場（かえって対人関係自体を、敵を打ち破ることによりその存在を消滅させることを恐れた節さえ感じさせる）をとった。

伝統を重んじる立場をとり、都の貴族や斯波氏を通じて京の伝統に関する知識も豊富に持っていた。

これに対して信長は、目の前の現状を単なる一つ一つの事象の複合体としてか見ておらず、最も信秀と異なる点は、人間関係でさえ、たまたまその状況で見られる事象に過ぎなかった。

つまり人間の存在や人間関係自体もただ一つの事象であった。

自分に都合のよい事象はそのまま温存し、自分の意にそぐわぬ事象を徹底的に変革、必要であれば破壊することに重きを置き、現実はその結果としての新しい産物という姿になった。いわば〝部分的差別的現実変革主義者〟である。

このような発想法であると、安定した人間関係は極めて築きにくく、他人からの良好な評価を得るということが難しいという致命的な欠点を有するが、変革はめざましく容易に迅速に行われ、日進月歩で目の前の現実を変えていくことが可能である。

一つの事象であるパネルをひっくり返す度に、その良し悪しは別として、自分の目の前の現実が劇的に変わっていくことを実感していったのである。

現実の事象をまるでパネルをひっくり返すように変更、それまで赤で染められていたものを突然青に塗り替えるような行動をとった。

通常の人間ではとてもできないことであるが、突然パネルをひっくり返すように現実局面を変えてしまうのである。

そして、その後どう処理をするかを考えていく、という方法である。

結果、全局面に化学反応とも呼べるような激変を興させることができる。

まさに世界が変わる（変質する）ことになるのである。

またある種恐いことであるが、それに伴い必然の経過として、織田信長という人間自体が、その行動を起こした前後には多少なりとも質的に異なった人物となってしまっている。

通常の人間ももちろん様々な出来事、経験により人間が変わるということはあるが、運命や人生の連続的な流れのもとでそれは起こる。

しかし織田信長に関してはそれが突然の自己判断のもとに善悪や社会の価値判断、さらには彼自身が生きてきた人生からも乖離《かいり》する形で現れることも度々であった。

信長という人間は、事を起こす度に変化していくこととなった。

さらに言えば、行動を起こす度にもう二度と以前の自分、以前の織田信長という人物には戻れない状態になっていったのであった。

最終的には、大変化をもたらす人間離れした行為者こそが信長であるという状態に収斂《しゅうれん》していったのであった。

それはもはや人格が自分自身の意思や制御を離れて独り歩きする状態になっていったのである。

またそうであれば、これも必然の結果となるのだが、異なる人間になっているのであるから戦国武将としての戦い方においても、（放火をするなどの）細かい戦術面は別として、総合的な戦略としては二度と同じ戦い方をすることはなくなる。

いやもっと正確に言えば、本人が全く同じ戦い方をしようとする気を持たない、さらに言えば同じ戦い方をしようと思ってももはやできない状態にもなっているのである。


要するに、織田信長の父信秀にとっては、目の前にある現実が全てであった。

一方信長にとっては、幼少時からの積み重ねと変革の上に目の前の現実があることが全てであった。

だから述べたように、信長にとっての戦いは、まさに本質的にも、幼少時よりすでに始まっていたのである。


性格、人間性の面ではどうであったであろうか。

気質的には信秀と信長は異なる傾向があったと思われる。

生来、陽性の気質であった信秀であったが、一方、子供の頃から癇が強く乳母の乳首をも噛み切ったと言われる信長の気質は、父とは異なったものであっただろう。

対人的には人を懐柔し友好的関係を築くのが得意であった信秀に対し、信長は常に人と一定の距離を置き、少なからず畏怖、恐れの感情を相手に抱かせることとなる。

信秀とは異なり、信長はある意味人を寄せつけないことによって自分の強さを築きあげていった。

結果、個性的ではあるが成熟した大人の人格を持った信秀に対して、信長はいつまでもある種の幼児性を残した賛否のはっきりと分かれる性格を持った人物へと成長していくこととなる。

信秀に少し話を戻したい。

織田信秀の優れた長所は人扱いにおいて卓越していた。

人の長所短所、特性を見抜き、適材適所にしかも必要十分の動員力で配置するバランス感覚は卓越したものがあった。

彼はリアリストでありながら人情家でもあり家臣からの人望も極めて高かった。

特に同族関係をまとめていく力は織田家には信秀に追随できる者は皆無であった。

そういった点ではある意味、後の歴史的英傑である織田信長自身も信秀存命のときには、嫡子とはいえども、信秀の織田弾正忠家における絶妙のバランス上の一駒であり、いわば完全に信秀の手のひらの上で遊ばされている存在であった。

主家の織田大和守家も時折、信秀を武力で屈服させようと試みるが逆に信秀に鎮圧され、また信秀も和平を結ぶのみで、主家を決して乗っ取ろうとはしなかった。

いや、あえてその関係を温存したと言った方が適切かもしれない。

信秀にとっては格式上の身分には重きをおかず、むしろ自分よりも上位の者さえも自分の戦力、戦略に加えていくという方式であり、保守的であるという面と同時に、自分の強さや自分に対する過度の自信がなければ到底成り立たない統治方式であった。

この面は子の信長には受け継がれることはなかった。

歴史は以下のように進んでいく。

天文十七年織田信秀は、織田達勝の跡を継いだ信友が古渡城を攻めたことにより、再び織田大和守家とも争うが、翌天文十八年には和解している。

織田大和守家信友と和解後、信秀は清洲城を訪れた。

上座の信友に対し信秀は丁寧に言葉を発した。

「織田家はあくまでも御家の大和守家が主筋でござる」

信友はぎろりと鋭い視線で信秀を睨みつけた。そして即座に次のように続けた。

「お主の嫡男の信長はどうじゃ。わが清洲に火を打ち放ったではないか」

信友は信長のことが特に嫌いであった。

「まだあれは世の中がよく分かってござらんが、私が世の道理というものをとくとよく教える所存にございます。心配にはおよびませぬ」

丁寧な言葉ではあるが信秀は自信に満ち、落ち着いていた。

「ううっ……」

信友は信秀の説明に決して心から納得することはなかったが、信秀を敵にして兵を向けられたならば、それを迎え撃てる自信はなかった。

信秀の硬軟巧みな外交に対しては、ただ黙認するしか手立てはなかったのである。

この信秀の、自分自身の資質に過度に頼る統治方式は、織田弾正忠家の子孫や家中に有形のものとしては残せるものは少なく、また信秀も子の信長自身も、その強さをそのまま相続できるものとは考えていなかったと思われる。

よって信長は、自然に自力で自分の強さを磨く意識を幼少の頃より抱き、信秀もその姿勢を積極的に容認していくこととなる。

「父上は父上じゃ。わしはわしじゃ」

信長は自分に言い聞かせるように鍛錬を続けた。


そのように異なる面も多かったが、信秀信長親子の仲自体はよかったと思われる。

信長は部分的な現実変革主義者であるということは、同時にまた部分的には現実保守主義者でもあり、自分が納得したものについてはそのまま素直に信秀から受け継いだと思われる。

また信秀も信長を嫡子と指名しており、自分の人生訓は伝えていたと考えられる。

「お前は自分で強くならなければいかん」

信秀は信長に常々そう明言したと思われる。

「吉法よ、自分の身は自分で守らんといかん」

この言葉には、信長以上に忠実な息子はいなかった。

信秀の教えのもとに自分の戦略を構想していく。

まず、父親の家臣をそのまま信用することはなかった。

信長は幼少時から自前の家臣を持ち、家来は自分の目で見てその能力に応じて調達しようと思った。そのやり方で生涯やり抜いていこうと思った。

信秀は次のようなことも言ったと思われる。

「飯にも毒が盛られているやもと思わなければいかん。むろん自分の城の中でもじゃ」

それを聞いて、信長は食べ物さえもできる限り自分で調達するのが確実と思った。

干し柿を吊るし、瓢箪も常備し、その中に瓜や栗などの食べ物を入れ持ち歩いた。

信秀は続けた。

「身内や家来にも自分の命を狙っている奴がいるかもしれん」

しかしさすがの信秀も、「いざとなれば、お前の母でさえも……」という言葉は喉のところで圧《お》し止めた。

一方、信秀は信長に夢も与え続けた。

「今のやり方を続けていけば織田弾正忠家はどんどん大きくなるわ。お前はその当主じゃ。お前は織田をまとめていかなければならん」とも言った。

「この尾張を織田の血でまとめていくのじゃ！」

「お前の兄の信広も器量がある」

庶兄の信広のことも信秀は評価していた。

確かに臨機応変さには欠けるとしても、信広は決断力と勇猛さを持ち合わせた武将ではあった。

しかし、信長は信秀の言葉に矛盾を感じ、聞いた。

「身内に自分の身の命を狙う者がいてもそうなのか？」

「そうじゃ」

なんと信秀は全く迷いもなく即座に答えた。

「わが家に歯向かってくる他の織田の家の者にもか？」

信長は驚いた表情でさらに信秀に尋ねた。

「そうじゃ、歯向かってくることと後で懐いてくることとは同じことじゃ」

信秀は遠くをみつめ、

「敵も味方も多くてよいのじゃ。敵も味方も同じじゃ」

そう断言した。

「敵も味方も同じ？」

すぐには理解できず、信長は驚き、その後の言葉を失った。

「そうじゃ、歯向かってきても、後から懐くようにすれば、結局全部弾正忠家の力になるのじゃ」

実際信秀には反乱した同族を後から手なずけたことが何度もあり、この言葉を信秀から直に聞けば、信長にとっても説得力があることではあった。

確かにこの手法により信秀は戦国大名としての立場を確立していったのであった。

しかし、頭では信秀の言わんとすることも理解はできていたが、この言葉には信長はどうしてもわが心を同調させることはできなかった。

「父上は周りの者を信じすぎる」という信長の不安を伴う父に対する別な感情も大きな存在となって育っていった。

「父と自分は違うのだ。父と同じようにしたくても、できないのだ」という気持ちも大きくなっていった。

改革者の最も恐れる敵は身内の中に存在する。

天性の改革者である信長は、このことには過度に感じる感受性を持ち合わせていた。

本能的に自分は他人から命を狙われている存在であると確信していた。

「父上と同じようにしていればわしは狙われる」

実際現実的には信秀の命を狙う者と比べものにならないほどに、信長を亡き者にしたいと思っている者の数はいたと思われる。

信長にとって自分の命を守るということは大きな命題として彼の身に襲いかかり続けていった。

結局どうしても潰さなければならないと判断した敵に対しては徹底的に殲滅《せんめつ》させることもやむを得ないという、後の信長のスタイルに収斂していくこととなる。

永楽銭

織田弾正忠家は銭を用いることにより尾張の戦国統治に革命を起こした。

　織田信秀の父、信長の祖父である織田弾正忠家当主織田信定は、もともと足利幕府の直轄地であり商業の中心地であった愛知県西部の湾岸部に勢力を広げ、津島の湊を勢力下に置き、ここに居館を構えた。

　この商業地から得た経済力を吸い上げることに成功したのである。

　さらに当時の武家には考えられなかったことであるが、津島の豪商と縁戚関係を結び、織田弾正忠家を、いわば軍事力と経済力を併せる〝商武合体集団〟に仕立てるという、歴史的に振り返れば革命的な同族結成を行った。

　そして永正年間（一五〇四〜二〇年）に勝幡城を築城し、大永年間（一五二一〜二七年）に津島の館から拠点を移した。

　まさにこの時こそが戦国大名としての織田弾正忠家が誕生した瞬間であるといえるであろう。

信定は天文年間（一五三二～五四年）初めに嫡男織田信秀に家督を譲って木ノ下城に移り、そこで隠居した。

革命的な事業を起こしたものの、その継承は息子の信秀に譲り、自分は早々と引退したのである。この点も信定の人並みはずれた着眼の鋭さを示している。

自分のやるべきことと子供のやるべきことは異なるものであり、またそうでなければ家業の発展はないことを見抜き、またそのとおりに果断に行動できる人物であった。

織田信秀は時折そうするのであるが、明の永楽銭をかき混ぜていると、父の信定のことが自然と思い出された。

「父上はとにかく銭をうまく使って家を大きくしろといっていた」

永楽銭を見ながら、信秀は懐かしそうにわが父信定のことを振り返った。

「ほんにいいことを父上は教えてくれた」

信秀は心から満足そうな表情を浮かべた。

さきに述べたように、信定というのは商人に武士をあわせたような人であった。

室町以来京に集中した経済、文化がやがて地方に拡散するようになり、地方経済、文化として確立するようになり、貴族の地方への流入とともに金、文化、武力のすべてが地方で確立するようになった。

尾張におけるその状況をいち早く利用したさきがけの存在が信定であり、それを継いだ信秀はまさにその申し子的存在であった。またその経済力を最大限に利用する手法は孫の信長にまで受け継がれた。

信定は銭を利用する天才であったが、信秀はその経済力を受け継いで、利と人情と威圧で人を操ることにはやはり天才的な才能を持っていた。彼は周りの全ての人に魅惑的な夢を見させることができた。

尾張の民がほぼすべて、信秀の統治を歓迎した。

「大殿のおかげで家に銭もたまって、暮らしが豊かになったわいのう」

人びとは歓喜した。

実際尾張は他の地方より、見る見る物資面が豊かになっていった。

喫茶の文化も芽生え始めており、織田弾正忠家の勢力圏である津島では特に盛んであったという。

信秀の子信長もまた銭を存分に利用するという面では父を受け継いだが、銭の使い道としては自分の政策面や威厳にその経済力をつぎ込んだ。

後には有名となる鉄砲隊や大型鉄船等の強大な軍事力、大規模な城郭等の土木建築技術を生んでいくことになる。

三代遡って考えれば、信定の政策がなければばかの有名な安土城も歴史に登場することもなかったということになる。

やはりまず信定の着眼は大きく、さらに信秀、信長の天才的な経済政策と三代にわたる発展が続いたことが、戦国の世を変える革命的な事業に繋がっていったものと考えられる。

竹千代

松平家の大きな節目は徳川家康の祖父松平清康の代に訪れる。

天文四年（一五三五年）、森山崩れと言われる家中の内紛があり、祖父清康は命を落した。

さらに今度は一門衆により清康の嫡男の広忠までもが命を狙われ、伊勢に逃れる事態となった。松平家は家中の乱れが続き、完全に衰退しきってしまった。

帰国して何とか松平家家督を継いだ広忠であったが、隣国の織田氏に対抗し守護大名今川氏に接近し信頼を得るため、嫡男竹千代を人質として差し出すこととした。

しかし、竹千代が今川氏へ送られる途中、同盟者であった松平氏家中の戸田康光に身柄を奪われ、逆に敵対する織田氏へ送られ、人質となってしまった。

天文十六年（一五四七年）、古渡城。

織田家に隣国三河の嫡男とされる若者が、突然、信秀に敵対する松平方の武将、戸田康光の裏切りにより運ばれてきた。

信長の八歳年下の竹千代と呼ばれる人質の少年であった。（天文十六年当時竹千代六歳、信長十四歳）

彼の遠い先祖は伝説では、樵《きこり》などの生活で生計を立てていたが、そこに浄土系の聖《ひじり》が流れて来て、やがてその土地での勢力を得るに至ったということである。

古渡城の殿中。

織田信秀はわが身のすぐ近くにまで竹千代を呼び寄せた。

「竹千代、わしのことを父と思ってよいぞ。わしが今川から三河を奪い返してお主にくれてやるのじゃ。お前の伯父の水野信元と一緒に三河を守り続けてくれるがよい。わしがそうなるようにしてやる」

「……」

信秀の饒舌が始まった。

竹千代は返答できなかった。

「そちは良い目をしているのう。まあいい。うちの信長にも会ってやってくれ」

竹千代とよく似た大きな眼で彼をじっと眺めながら、信秀は笑顔を絶やさなかった。

信秀のことであるからこれを機に松平の嫡男を手なずけようとしたであろう。以後も織田家では処遇自体は良かったと思われる。

次に信秀は竹千代を信長に会わせた。

竹千代は信長の前に連れてこられた。

信長は、信秀のように自ら竹千代に近づくことはせず、その場からじっと竹千代を眺めた。

竹千代の先祖は山の民であった。

信長はこの少年を見て彼が山の民の血をひいているとはさすがに気づかなかったが、尾張には居ない類の人間の特性を察知した。

聡明ないでたち、無駄ごとはいっさい吐かず、絶えず前を見、しかし人の話はよく聞き、時折こちらの挙動について観察することは決して怠らない。

（こやつの家系が今川や武田に苦しめられているのか……）

（それにしても賢そうな目をしている……）

今川に対しては、父の信秀が一時光明をもたらす戦いの手本を見せていたが、その兵の強大さに関しては信長自身が強く脅威を感じていたものであった。

その被害者ともなった竹千代に是非今川について感じるところを聞いてみたくなった。

信長は口を開いた。

「竹千代や、今川の軍とはそんなに強いものなのか？」

竹千代が答えた。

「私は父や家臣からの話しか知りませんが、確かな強さを持っていると聞いております」

信長の予想に反して、竹千代は全く自分の意見を述べなかった。

信長はさらに聞いた。

「織田の軍とくらべてどうじゃ?」

「私には測りかねまする」

竹千代はそう答えた。

「ふっふっふ……」

信長には思わず笑いがこみあげてきた。

「お主の言うとおりじゃ。お主とはほんとに間違いのないことを言う人間じゃ」

(こいつと組めば戦さを勝ち続けることができるのではないか)、信長はそう直感した。そう思うと信長は居ても立ってもおられなくなった。

「竹千代や、鷹狩りにいくぞ!」

信長は竹千代を鷹狩りに誘った。そのまま信長の一行は竹千代を連れて鷹狩りに出かけた。

これには竹千代も最初は驚いたが存外興味を示し、信長から素直にその魅力を教わった。後世、徳川家康となってからも終生の趣向、幕府の伝統行事として継承した。

鷹狩りから学ぶ野戦での強さの秘訣も信長との付き合いの中で知ることができたのである。


以後の竹千代の運命と松平家の趨勢は以下のとおりである。

織田信秀は天文十七年(一五四八年)、第二次小豆坂の戦いで今川氏に敗れる。

この第二次合戦にて今川松平連合軍は勝利を収めたものの、この合戦のあった天文十七年に松平広忠は家臣により刺殺され、岡崎城は主君不在の状態となってしまった。

そこで翌天文十八年（一五四九年）十一月、今川義元の命を受けた太原雪斎は人質交換によって竹千代を今川氏のもとに奪還することを狙い、今川軍と松平軍両軍を率いて安祥城を攻略し、結果織田信広を捕縛《ほばく》して、竹千代と人質交換することに成功した。

今川氏は竹千代の身柄を駿府に引き取ることにより松平氏を完全に保護下に置き、西三河の拠点となる岡崎城には今川氏の代官を配置した。

こうして竹千代は、さらに数年間、今川氏の元で人質としての日々を過ごすことを余儀なくされた。この間、竹千代は、元服して名を松平元信と改め、正室瀬名（築山殿と呼ばれる）を正妻に迎え、さらに名を松平元康へ改めた。


織田家にとって、竹千代を人質として捕えたことは、もちろん戦国一般の戦略としては成功であったが、かえってこのことが仇《あだ》となり、逆に後の織田家に致命的に不利な状況を負わせてしまうことになる。

拙いのはまさに竹千代が人質となったその順番であり、戸田康光は結果的に織田家に苦難をもたらすこととなる。

安祥城での織田方の敗戦で人質の交換ということになり、最初織田家の人質であった竹千代は、今度は今川家の人質となった。

至極当然、聡明な竹千代の観察眼のもと、織田信秀の家中での軍機、軍略、人心の掌握手段に至るまでが竹千代を通じて今川方の知るところとなった。

しかも太原雪斎の存命中に伝わったことが織田家にとってはこの上も無く拙いことであった。

駿府の臨済寺。今川家の菩提寺となっているこの寺で、雪斎と竹千代の話のやりとりがあったと思われる。

二人は静かに対面した。

雪斎は試すように竹千代に聞いた。

「竹千代、尾張の強さはどこにある？」

雪斎から試されていることを悟った竹千代は、今回は珍しくすばやく素のままに自分の意見を語った。

「信秀様のお力が大きいと思います。その都度に自在に兵を操ることができまする」

「信長はどうじゃ？」

雪斎は重ねて聞いた。

「……」

今度はしばらく考えた後、竹千代は結局以前信長に答えたように、

「私には測りかねまする」

そう答えた。

「……」

雪斎も初め何も答えなかった。

やがて、「そうか。分かった」と深く頷《うなず》く仕草を見せた。

雪斎は竹千代を評して「下手な功名心がなく、ものまねびの心得がある将来の逸材」としている。竹千代が優秀であるがゆえ、竹千代の言葉のみならず彼の一挙手一動から、竹千代が吸収した織田家の色彩、機微をそのまま、雪斎がぬかりなく吸い上げていったであろうことは想像に難くないことである。

（織田一族は信秀によって結び付けられている）

（信長には才があるや知れないが、家臣からの人望は薄い）

次々と雪斎は解明した。

「織田は必ず今川家のものとなる……」

最後に雪斎はそう確信し、思わずそのまま口から言葉がこぼれた。

雪斎は駿府の今川館に赴いた。

早速雪斎は、織田を攻略し今川の配下に置く方針を主君今川義元に説いた。

「信秀の家臣と信長の間を離反させるようにしむけます。必ずや今川に寝返ってくる者が現れてくるでしょう」

「……」

義元は黙って雪斎の言葉に耳を傾けた。

雪斎はさらに言葉を重ねた。

「東方の憂いは無きように、北条とは姻戚関係を結ぶように、私が動きます。そちらは安心なされて大丈夫でございます」

義元はしばらく考え、その後大きく首をたてに振った。

「ふむ。その時がくれば家督を氏真に譲ろう」

義元は気が充填し、顔がみるみる紅潮してきた。

「されば、太守様は……」

雪斎は確かめるように訊ねた。

「むろん、必ず尾張を奪う！」

義元は目を開き、決意した。


最後に日本の歴史を考える以上忘れてはいけないのは、竹千代の心理的成熟過程である。竹千代自身は、不遇の父を持った宿命により得られなかった自分自身の理想像、心理的成熟に必要な父親像を、信秀、信長、雪斎、義元といったつわもの達から吸収し育てていったことであろう。

不幸にも幼少時に理想の父親像を形成することができなかった境遇がかえって徳川時代の創出という歴史的な結果に繋がり、この貪欲かつ、しかし一人には偏らない他者を取り入れる姿勢が後の天下人、長きにわたる覇権を成立させる源になった。

このことが日本の歴史にとってはあまりにも多大な影響を、後の世に及ぼす結果になったのである。

土田御前

末森城。

織田信秀は天文十七年（一五四八年）この城を築き、正妻の土田御前とともに子の織田信行を住まわせている。

対今川軍の戦況において織田家の劣勢が明らかな中、信秀は織田弾正忠家内の結束をさらに強める必要に迫られていた。

信秀は言いにくいことを承知で、秀麗で誉れの高い正妻の土田御前に近づいた。

そして話を切り出した。

「世継ぎのことじゃが……。わしはやはり信長が跡を継ぐことがよいと思っている」

珍しく土田御前はこれに俊敏に反応した。

表情が鋭くなった。

「あの子には家臣をまとめていく器量がございません」

美濃の豪商に生まれ、バランス感覚が卓越している土田御前の言っていることは、もっともなことであった。

「……」

当初信秀は何も言わなかった。

しかし、信秀には、室町の世で重んじられた保守的な武家の器の基準がもはやこの世では通用しないことが分かっていた。

またそれ以前に、当の信秀自身が本家をまさに事実上乗っ取ることでこの世に名を馳せることができたのである。

家臣への人望だけでは尾張一国も守れないことは彼自身が最もよく知っていた。

「わしができるのは仕込むことだけじゃ。与えるものは何も無い。後は自分で奪っていくしかない」

「あいつ、信長はわしよりも強くなれる器を持っている」

「信行は末森の城を守ってもらえばそれでよい」

信秀は自分の考えを重ね、言葉で繋いだ。

「そのようなことでは家がまとまりません。私は信行を守ります」

土田御前は激しく首を振った。

「おまえが守るようなものではないのじゃ……」

信秀は下を向いた。

家中の安泰と嫡男信長の身の安全を考えるならば、廃嫡することが最も望ましいとは信秀自身も分かっていた。

ただし人の力量や長所を見抜くことにおいては天才的な資質を持つ信秀のことである。たとえ織田家をまとめていくにおいて、信長の弟勘十郎信行を立てていくことが最も望ましくとも、今川や斎藤を相手にすることを考えれば、それは同時に織田家の滅亡を意味することも誰よりもよく理解していた。

「信行は決まったことをやる。それ以上のことはできない」

信秀は正直、そう思った。


またこのことも大きな要素であるのだが、信秀にとっては誰が嫡男であろうとも今川、斎藤の領土を自らが奪えば解決できる問題であるとも計算ができていた。

過剰な自信家である信秀は実際それだけの自信を十二分に持っていた。

「信長、信行にそれぞれ美濃、三河一国を与えればよい。それですむことじゃ」

自分に対する自信という点では、戦国大名においても究極の域に達している武将であった。従って、この世継ぎの問題は弾正忠家家中で議論が深まることなく、やがて信秀の死を迎えることとなった。

このことが後に信長、信行の家中の断絶の危機を伴う争いに発展する火種となっていくこととなる。

このような父信秀の態度に関しては、信長も彼なりに感じているところがあったであろう。

末森城を築いてから信長が信秀の姿を見る機会はさらに年々減っていった。

「父上はやりっぱなしのところがある」と信長は思った。

自分を嫡男に指名はしているが、母や信行に近い家臣に対しての説得や根回しは全く皆無といっていい状態であった。

また父の過度の自信に対しても、「蝮《まむし》（斎藤道三）の件どころではない失敗を起こすかもしれない」という不安を伴った分析をしていた。


次に、信長と母土田御前の関係について考えてみたい。

「母上に関しては、致し方ない……」

信長は目を閉じた。

信長から見た場合、母に疎んじられた子供の立場である自分というものはどのようなものであっただろう。

一時母親の下で、幼少の自分の中に育った万能性というものが、否定されながらもやがて自立に向かって歩みだすということは、多かれ少なかれほぼすべての大人が経験することであるが、戦国の乱世において稀に見られる、母親に自分を排除どころか、抹殺されようとするまでの仕打ちをされるかもしれないという心理的圧迫を伴う経験は、母が天使から悪魔に変わるほどの極端な体験であろう。

その中から育まれる人生観はどのようなものであったであろうか。

後の戦国大名である伊達政宗が典型的な体験をしている。

やはり結論的には愛情というものに対する絶対的な評価は避け、究極的には愛情と憎しみは同質のものであり、それ自体に価値を置くことに対する無意味さ、感情に対する一種のニヒリズムを構築していくのだろう。

父伊達輝宗の正室、実母である母義姫から露骨に疎まれた政宗ほど典型的なものではないものの、信長もやはりある種似たような体験をして育ったと思われる。

また後の父信秀の死に関しても母方の人間の無作為、さらには関与さえを疑う念が消えなかった。

ただしその事実に関しては明らかにする術はなく、これまた「人の世とはそういうものだ」と受け入れなければその後の人生を一歩たりとも歩めぬほどの過酷な体験であったと思われる。

母の寵愛を受ける男子の危うさ、恐ろしさを異常なほどに過敏に感じての信長の度を越えた行動は、後に同盟者の徳川家康の嫡男である信康を家康に命じて切腹させた行動に見てとることができる。

天正七年（一五七九年）、信長は徳川家に嫁に出した娘、徳姫からの訴状として、夫信康が母親の築山殿を介して武田方に密通しているとの情報を得た。

家康の家臣、酒井忠次に詰問したところ、酒井はこの事実を明確には否定しなかった。

これを見た信長は家康に強い処分を迫り、やむなく家康もこれを呑み、家臣に築山殿を殺害させ、信康を切腹させた。

これは母親が子に強く干渉することの良からざる姿を見た信長の決断でもあったと思われる。

ある種、信長は、この時亡き弟信行が家康の息子信康として生まれ変わった悪夢を見たのかもしれない。

結局家康は踏み絵を踏まされ、信長の命じるままに信康を切腹させた。

決して自分でめくりたくはない選択のパネルを信長に強要されてめくることとなったのである。

朝廷

信長の父織田信秀は、戦国大名として尾張での勢力をのばしていく中、京都にも上洛し、朝廷に献金して従五位下備後守の位を与えられた。

さらに第十三代室町幕府将軍足利義輝に拝謁し、尾張での自らの活動の正当性を承認してもらうことに成功した。

天文十年（一五四一年）、伊勢神宮遷宮の際には銭七百貫文および材木一式を朝廷に奉納しその年より三河守として任じられた。

天文十二年（一五四三年）には朝廷に平手政秀を遣いにやり、内裏の修繕のために四千貫文を献上した。他の戦国大名には見られない、実権から離れた権威である幕府や、特に朝廷に対して、特別の忠誠心と破格の経済援助を積極的に行っていった。

信秀の存命中、吉法師（信長）はこのことについて問うたものと思われる。

「父上、朝廷や将軍というのはそんなに大事にせんといかん、えらいものなのか」

「えらいとか、力があるというものではないが、自分のやったことを正しいとみんなに知らせてくれるのじゃ。その効果は絶大じゃ」

信秀は明確に答えた。

「父上は分からんのう。そんなものに頼っては自分の弱みをだすだけじゃないのか」

吉法師はまだ納得できなかった。

「頼っているわけではないのじゃ。今にお前にも分かる時が来る」

少し笑みを浮かべながら信秀は自信満々に言いきった。


リアリストであるはず父からの珍しく抽象的なものの力に対する訓戒であった。

聡明な信長は次第にこの目に見えない力の存在自体は理解するようになったが、理解するがゆえにこの抽象的な力を同時に崩したいという欲望も湧いてきた。

次第に現状の社会制度には触れずにずっと温存するという父信秀のやり方は、自分には不可能で不向きであるという思いを日ごとに強めていった。

結果、世俗権威を利用できる間のみ徹底的に利用するというスタイルに収斂していく。

ただそれにしても、まず建前上は信秀のやり方を踏襲していくこととなった。

永禄二年（一五五九年）尾張統一直前、信長は足利義輝に拝謁する為に上京している。

伝統的権威に対する考え方においては、最大限に利用するという点においては両者の全くの共通点であったが、信秀は基本的には伝統的権威に対して形式的には恐れ服従するという体裁を整え、そのバランスを自ら崩すことはせず、伝統的な地位のままで自らの力を最大限に発揮するというやり方で行動した。

それに反して信長は、伝統的権威を部分的に利用した後に、不必要なものはいともなげにそのものを破壊、破棄するという手段を採った。

伝統的権威も信長にとってはあくまでも一つの事象、一枚のパネルであった。

これは後の足利将軍義昭に対する仕打ちでも明らかになることである。


また趣味的な嗜好において、父信秀は連歌や蹴鞠等の京における風流を好んだ。このことも信長にとっては興味の対象となり難い習慣であった。

「父上、わしは歌などしたいと思わん」

吉法師（信長）は不満の表情を浮かべた。

「せんでもいい。平手の爺からやり方だけを学んどけばいい」

信秀は意に介せず全く強要することもなかった。

そうは言っても平手政秀の教育もあり、頭の良い信長は十分必要以上の和歌の教養があった。

先の上京の際に、連歌師の里村紹巴《さとむらじようは》から和歌を試され下の句を詠まれた時、即座に上の句を詠んだとのことである。

「あれや！」と京の都の貴族や教養人もさぞ驚いたという。

「平手の爺からこれぐらいのことは習っておったわ」と信長は笑った。

彼は文化面に関しても独創的なセンスを持ち、後には千利休を重用し大いに茶の湯を流行らせ、また政治的にも存分にこれを利用した。


信秀の秀でたところは決して信長に自分の趣味、趣向、方策のどれも押しつけるようなことはしなかったことである。

もしそのようなことがあれば父子の対立から、信長がそのまま跡を継ぐようなことはなかったであろう。

どこかに放逐されるかその存在を絶たれるか……。

跡継ぎであっても先代から受け継ぐことのできるものはその背中から学ぶものだけであることを、信長に身をもって示したのは他ならぬ父信秀であった。

「こいつは俺の跡をつげる」

信秀としては自分の戦う姿を、背中を見せることだけでよかった。

信長は信長で模倣ではなく自分の消化できる形で父の強さを受け継いでいった。

信長の才能を最も見抜き、信じていたのはどの他の武将でもなく、父信秀だったのである。

先の永禄二年の上洛の折、信長は百人ほどの白軍を引き連れて、室町幕府十三代将軍足利義輝に拝謁した。

その時義輝は尾張守護斯波家（武衛家）の邸宅を改修した館に寓していたと言われており、信長はそこを訪れたという。

斯波家の改修にも信秀時代以後の織田弾正忠家の財力、援助があったのであろう。

まさに権威を利用するという点では信長は父信秀の方針をみごとに受け継いでいると言えるのである。

それに自らの武力を鼓舞することを付加するのがまさに信秀と異なった信長らしいやり方であると言える。

美濃の蝮

斎藤道三は信長にとって得体の知れない山の中の民ではなく、父の代から再三槍をあわせた相手であり、十分実感の得られる存在であった。

信長からも敬意を寄せられ得る存在ではあるものの、信玄や謙信のような、決して信長にとって理解の及ばない、カリスマという類のつわものではなかった。

美濃においては守護大名土岐《とき》頼芸《よりのり》が道三によって追放されたが、織田信秀は頼芸を尾張に迎え入れ道三と戦い、一時大垣城を美濃から奪った。

しかし天文十三年（一五四四年）、斎藤氏の要請により援軍として越前から進軍して来た朝倉宗滴《そうてき》に敗れてしまった。

宗滴が生きている間、朝倉氏は盤石の体制を誇っていた。

（彼が亡くなったのは弘治元年〈一五五五年〉。織田信秀の死後四年ほど経ってからであった）

さらに天文十六年（一五四七年）、道三の本拠地稲葉山城を攻撃するも、加納口の戦いにて反撃を受けてこれにも敗れた。

父の苦戦を知り、信長はつぶやいた。

「蝮《まむし》(道三)はもともと京で油売りの行商人と聞いておる」

「父もここ最近ずっとてこずっておった」

信長の考えていることはこうであった。

「父は蝮に上手に嫌がらせはしておるが、蝮は頭を使っておる。しばらく潜んで静かだと思うと突然出てくる。蝮の考えている以上の手を打たなければ蝮を降参させるまではできない」

信長は道三に父に無い長所があることを認め始めていたのである。

天文十七年(一五四八年)、信秀の家臣平手政秀のとりまとめにより、織田信秀と敵対していた斎藤道三との和睦が成立し、道三の娘帰蝶と信秀の嫡男信長の間で政略結婚が約束された。

そして、これも歴史上とてもよく知られていることであるが、天文十八年(二十二年の説あり)に信長は国境の尾張中島郡富田にあった正徳寺で道三と会見した。

有名な正徳寺での信長と道三の対面である。

この会見において、信長は会う前から道三の行動を予見していた。自分なりに既に道三の行動パターンを学習、分析していた。

「蝮は絶対に自分の手の内は見せない。あやつは先に動いたほうが不利になり、やがて負けることを知りつくしておる。大事なことは蝮を驚かしてやることじゃ」

正徳寺への行軍時には男根の模様の入った湯帷子《ゆかたびら》に、虎と豹皮の半袴を着用し、腰のまわりには火うち袋とひょうたんをぶらさげ、うつけの形相を極めた信長であったが、正徳寺に着いてから、信長のみが正装に着替えた。

先の信長のうつけ姿を見て平装のまま現れた道三は正装姿に変わった信長を見て、さぞ気後れしたという。

信長の思惑どおり、まずは道三を驚かせることに十分に成功した。


さらに先の信長の予想どおりこの会見の場において、道三は月並みなことしか聞いてこなかった。

「信秀殿は息災であるか」

「尾張の今年は無事豊作であるか」

その後鉄砲や武具に関する話を行い、会談は終了した。

しかし、これについては信長の思惑とは別の次元のことであるが、道三が最も驚いたのは信長の姿や言動ではなく、彼の視線であった。

(こいつはわしの目を見ながら、京のこと、天下の先のことを見ている。やばい)

「わが子どもは、たわけの門外に馬をつないで、家来になりさがってしまうことであろう」と言ったのは有名な話であるが、この時ほど道三が世の無常を感じたことはなかった。

「わしがそうであったように、本当の力というものは父から受け継ぎ、子に渡せるような代物ではない。しかし、まさか信秀の息子にそれが渡っていこうとは……」

道三は唇をかんだ。


濃姫の輿《こし》入れに関しては、道三との会見の前か後ろかは定かではないが、この物語では道三が信長の品定めを行った後に尾張に一人娘を嫁に出したと考えて話を進める。


その日の夜、道三は後に濃姫という名が有名となったわが娘を呼び寄せた。

道三が大きく息を吸い、そして口を開いた。

「帰蝶よ。お主の婿は強うなる」

「お父上のように？」

「いや、わしどころではない。わしが想像できないぐらいじゃ」

「まあ……」

「帰蝶よ、お前には落ちついた暮らしをさせてやりたかったが……。この道三の娘であり、そしてまさかあの男の正室になるとは……。落ちついた暮らしなどかなわぬことじゃ」

道三は下を向き、目を閉じた。

濃姫は道三の思い悩む姿をしげしげと眺めた。

「そんなに、あのお方は……」

「この上はやれるところまでやり尽くして、そちとともに昇りつめてほしい……。ただ、それを望むだけじゃ」

そして道三が娘にそっとわたしたものは短刀であった。

「もし、あいつがお前をただ利用としようとした時にはこれで……」

道三はこの上ない真剣な表情で娘の目を見つめた。

しかしその時、突然濃姫は、道三も思いもしない笑みを浮かべたのである。

「これはお父上に使うことになるかも……」

濃姫のこの言葉に道三の気も何故か妙に晴れ、自然と笑顔がこぼれた。

「そちこそがあいつに天下をとらせることになるやもしれぬ……」

おかげで道三は、歴史の過酷な因縁を感じながらも、娘を信長の嫁に出すことについては、間違いのない判断であったという安堵を得ることができた。

美濃の蝮と呼ばれた斎藤道三も人の子である。

幸い、濃姫を送り出すまで、最後の親子の貴重な時間を共に静かに過ごすことができたのである。

萬松寺

天文十八年（一五四九年）の安祥城の落城以後、対今川の戦況に関しては、織田信秀にとって厳しい状態が続いていた。

しかし、尾張国内における同族の反乱や不満については、信秀は得意の武力と政治力であっさりとこれをまとめた。

主家大和守家とも当主が織田達勝から信友になったことで一時争いとなったが、これも無事和解に持ち込んだ。

尾張国内は信秀のもとでしっかりとまとまっている状態であった。

ただしこれには大前提があり、先の駿府で雪斎が分析したとおり、あくまでも信秀が健在であれば、という条件があってこそのものであった。

その尾張の状況を急変させるとんでもない出来事が起こった。

末森城からの早馬が那古野の信長のもとを訪れた。

早馬から降りた末森からの使いは腰がぬけるように崩れ落ち、ようやく体を震わせながら声を絞り出した。

「若、若様、大殿が身罷《みまか》れました！」

「……」

信長は声を失った。

天文二十年（一五五一年）三月三日、尾張の虎と恐れられた織田信秀は流行病により末森城で急死したという。享年四十二のことであった。

織田信秀ほどの人物にして、為しえないままに終わってしまったことがあった。

それはわが身の保身について徹底することであった。

この人物、あれほど他人や敵を懐柔する才能を持ちながら、自身の保身に対しては、その才能を使う気がないままと言ってよいほどの印象であっさりとその生涯を終えてしまった。まるでわが身の保身に関して、全く興味がないかのようであった。

那古野城内の、誰も他を寄せつけない思案部屋とでもいう居室に篭り、信長は黙想した。

信長は唇をかんだ。

「早くもこうなってしまったか……」

「次はわしが狙われる……」

そう言った後しばらく目を閉じ、しかしやがて何かを決意したように再びその目を見開いた。

「わしは、やる……」とのみ声を出し、視線を何かに固めた。

命を狙われたにしろ、流行病により亡くなったにしろ、信秀は自分の身を守ることに関して万全と言えなかった。

また歴史の因縁か、保身に関しては、親子お互いそれぞれに危機感が決してないとは言えないのであるが、ある種無防備な隙が何故か生まれる傾向が、信秀から信長に受け継がれる結果となった。

信長においては、後の元亀元年（一五七〇年）浅井長政の寝返りによる金ヶ崎の退き口での大危機については、とっさの機敏で何とか切り抜けたものの、やがて歴史は本能寺の変へと彼を導いていく。

萬松寺。当時は那古野城の近くにあったといわれる。

父信秀の葬儀に遅れた挙句、馬で乗りつけた信長であったが、葬儀には考えられないいつものうつけと言われた格好で現れた。

「……！」

信長は無言で父の位牌に抹香をわしづかみにするなり投げつけた。

葬儀に参加していた者はすべて、「さては狂ったか！」と思ったばかりの行動であった。

この行為については、歴史的にも信長にとっても、最も有名な行動、奇行のひとつであり、信長を語るには避けて通ることのできない出来事であると思われる。

この時の信長の奇行については、うつけと言われた彼の性格や資質の類によるものであるとか、家老で自分の教育役であった平手正秀に対するあてつけであった等の諸説があるが、信長自身の口述や文が残されていない以上、想像の域を越えることはできない。

直接的な具体的心情に関しては永遠に謎である。

ただしこれ以後、彼が上洛の折に足利義昭を奉じたことや、天皇の前で馬揃えをして自軍の権威を高めた行為そのものは、父信秀の外交政策を継承した保守的な人間の心の機微を知り尽くした行為であり、また家督についても父からの遺志を受けて跡を継いだものであり、少なくとも直接的な父に対する敵意というものは、理由ではなさそうである。

宗教的、仏教的な観点からはどうであったであろうか。

そもそも信長は基本的には世俗の仏道に深くは馴染まない境遇、性質、思考の持ち主であったように思われる。

むしろ彼は原始仏教におけるような、仏陀の悟りである無常、無我の境地を幼少期から体得する資質と次に述べる、それに適した境遇を基礎にして育ったと思われる。

津島、熱田のような派手な商業都市を有し、金銭も激しく飛び交い、人間の俗的な欲望が溢れかえっている尾張の国。その尾張で権謀術数と財力の限りを尽くし、最高の権力者となった父信秀。カピラヴァスタで生まれながらの王子として育てられたゴータマ・シッダルタと同じように、次の権力者として育てられた幼少期。

また、これも仏陀のときのように、周りの国はすべて戦禍に見舞われ、人の命が毎日のように失われていく。そのような栄華と残虐が毎日のように繰り返される世界というものが、信長が育った戦国の尾張の環境であった。

そして尾張で頂点を極めたと思われた父信秀の命も、最後には露が蒸発するように、もともと何の存在も無かったかのようにあっさりと消えてしまった。

彼の好んだ幸若舞『敦盛』の一節、「人間五十年、下天の内を比ぶれば、夢幻のごとくなり、一度生を得て滅せぬ者のあるべきか」があるが、これもまさに無常、無我の境地を舞として美的に昇華させたかのような姿である。仏教の天界の知識もあったであろうが、おそらくそれよりも仏陀の本質により忠実な感性を持ちあわせていたのであろう。

また幼少から彼に仏道を授けていた臨済宗禅僧の沢彦《たくげん》が世俗を離れた境地の理解者であったことも教育上彼に大きく影響したであろうと考えられる。

有名な「是非に及ばず」という信長の言葉もまた、仏陀の悟りに近い境地に信長が生きていたことを私には感じさせる。

世俗仏教の儀式として発展した葬儀の形式に対しては、信長の宗教観的な立場からも、特別な価値をこれに見出すことはできなかったであろう。


心理学的には、父に対するコンプレックスから生じてきた衝動的行為だと真っ先に言われそうな行為ではある。そのことは確かにありそうであり、自分を跡継ぎに指名しておきながらやりっぱなしで死んでしまった父親に対する反発心もあったであろう。

ただそれ以上に後の彼の行動、すなわち、藤吉郎秀吉や明智光秀らの家臣に対する粗暴な振る舞いや、浅井長政、朝倉義景のしゃれこうべを飾り、酒肴を交わしたなどの倒錯的な行為の源泉がここに垣間見られる。

それは世間から見られ評価され、世間並みに見られることを拒み、強いられる存在から強いる存在に自分の立場を転換することである。

父に対する気持ち以上にこのことを明確に決意し、世間に改めて意思表示した行為であったと思われる。

この抹香を投げつけた瞬間、後世語られる信長の生き方をすることを、家臣や親族、ひいては敵方にまで知らしめた一世一代の決意表明であったことは間違いないと思われる。

因果律に関しては、父が自然に亡くなったことにはどうしても納得がいかなかったことが考えられる。

「この中に親父を亡き者にした者がいるやしれぬ」

また、「あれほどわしの身の安全のことをあれだけ言っておきながら、命に気をつけなければいけないのは父上の方ではないか」「父上は自信を持ちすぎじゃ」「死んでは何も残らぬではないか」という後悔の念、無念さを信長なりに示した行動でもあると思える。

また家中の政治的要因としては、父の急死にただ手を拱《こまね》いていただけの末森の家族、家臣に対する抗議、恫喝の行動でもあったであろう。

今川方の息のかかった誰かに父の命を絡めとられたと考えても不思議ではない経過であり、現実信秀の死後、今川の勢力が圧してきている状況であったが、末森の一族はあまりにもそれに対して無力、無抵抗であった。

とにもかくにも、突然目の前の局面を自分の色に染めてしまう信長の行動が初めて大きく世間の前で現れた象徴的な場面であった。

尾張の乱

信長の家督相続は、三河方面において信秀が築いたものが瓦解するなかで起こった、苦難のスタートであった。

タイミングとしてはまさに最悪の状況下での家督相続となった。

所詮信秀の傘の下ではおとなしくしていた、織田一族や家来たちの信長への反乱が、早速始まった。

この好機を逃さざるべく、今川義元は太原雪斎とともに西三河乗っ取りの仕上げに取り掛かる。

まずは、織田信秀に服従していた武将をあからさまに今川方に寝返るように工作した。

雪斎が義元に自信を持って報告した。

「この前の計画どおり、ことはうまく進んでおります。やはり信長には人望がなく、国境の武人はどんどんこちらの誘いにのってきております」

「うむ、やはり御師《おんし》の言うとおりじゃ」

義元はことさら感心し、頷いた。

織田信秀が亡くなる前年の天文十九年（一五五〇年）の頃には、尾張と三河の国境地帯に勢力を有していた丹羽氏清を今川氏に寝返らせることに成功していた。

天文二十年、これに対して、家督を継いだ織田信長は、丹羽氏の内紛に介入して氏清と子の氏識親子を攻撃し愛知郡横山で戦うものの、早速これに敗れてしまった。

信長にしては、「寝返りを黙認していてはそれを認めたのも同然のこと」と何らかの手を打つ必要は確かにあることはあったが……。

それにしても気持ちだけが先走った全く計画性のない、準備不足の敗北であった。

予想どおり、この失態を見て次の裏切りが進行した。

同じく尾張三河国境域において、鳴海城主の山口教継、教吉親子が完全に今川方に寝返った。結果信秀存命時代とは異なり、織田今川間の勢力関係は逆転の様相を呈し始めていた。

この山口氏の寝返りは、後の桶狭間の戦いを誘発する大きな事件であったが、信長は当初、この事に対して、全くこれといった有効な手立てを打つことができなかった。

天文二十一年（一五五二年）、信長は赤塚の戦いにおいて山口教吉を攻めたが、結局打ち破ることもできずに引き分けに終わってしまった。

この戦い、お互いに顔見知りでもあり、最後は双方が戦意を失い、馬も戦後に元に戻すために交換するという、リーダーシップの資質を問うとすれば完全に失格の戦いであった。

また、父信秀のように、再び山口氏を政治的に篭絡《ろうらく》し自分の配下に組みなおすというようなこともできずじまいであった。

家督を継いだ緒戦において、信長は拙い戦いを連発するだけの最悪の船出をすることとなった。

この後、さらに山口氏は自らの調略により、周辺の大高城および沓掛城を次々に攻略した。この結果、信秀の生前とは全く逆に、今度は今川氏の勢力が尾張に伸展することとなった。

勢力図は完全に今川氏優勢に傾き、織田氏は苦境を強いられた。


しかし、ここから意外な手法で信長の反撃が始まる。

外交や人心のとりまとめという点では、父に比べると全くの無才であったが、以前から考えていたのであろう、信長は相手の城を自軍の連携のとれる砦の群で取り囲むという戦法に出た。

これは予想以上に有効であり、連携のとれない寝返り軍を大いに苦しめた。

信長は大高城および鳴海城の近辺に鷲津、丸根、善照寺砦などの砦を多数築いたため、今度は今川の勢力が封じられ劣勢となった。

「城は守るためにあるのではなく、攻めるためにある」

信長は自らに言い聞かせるように言った。

信秀から受け継いだ積極的な築城の観念を、信長はさらに革命的に発展させたのであった。

「城に篭った奴らは徹底的に監視して、出てきたところをすかさず討つのじゃ」

「敵の城を砦で囲ってしまえば、こちらが城に居るようなものじゃ！」

以前から召し抱えていた津島や熱田の湊町や館、木曽川の堤防を築かせた大工、土木作業集団をふんだんに砦の建設に動員し、あっという間に城を取り囲んだ。

ちなみにこの革命的な土木建築に関する発想の転換は、やがて後の、周囲を威圧する巨大城郭の築城へと繋がっていくこととなるのである。

その場その場で臨機応変の対応を取り、その都度個別の戦略を企てることはまさに幼少期から訓練していたことであり、相手方には独創的な信長の具体的な動きを読むことは全く不可能な状態であった。

まさに失敗にもめげず、独自の策略を展開する信長戦術の真骨頂が早速ここに現れたのである。

しかし、この時期は何をしても一筋縄ではいかない。

信秀の死から二年後、さらに衝撃的な事件が信長を襲う。

天文二十二年（一五五三年）二月、平手政秀が自刃したのである。

平手政秀の自刃に関しては、信長公記によれば、信長のうつけの行動を諫言する意味での行為であったと言われている。また政秀の息子五郎右衛門の馬を信長が必要以上に固執して所望したため、決定的な不仲になってしまった等の諸説もあるが、真相は以下のようなことであろうと思われる。

信長の時代になり、信秀と政秀が進めた、織田大和守家を宗家として奉って織田弾正忠家を繁栄させるという、織田信秀時代の従来の基本路線はとれなくなった。

また、斎藤道三と結んだことも美濃の次期当主の義龍との軋轢《あつれき》を生み、そのことが原因で他の尾張の宿老から非難を受けることとなった。

信秀亡き今、信長と他の家臣の間で政秀は、完全に孤立した板ばさみの状態になったのである。

また信長自身も既に自前の家来を持っており、いまさら父の家臣であった政秀を信秀のように使いこなすこともできず、政秀は全く居場所を失った状態であった。

政秀は信長の傅ではあったが、あくまでも信秀と一心同体の重臣であった。

「信秀公のもとに参る……」

政秀は命を断った。

そしてまさにこのことにより、歴史の必然の流れとして、兄信長方と弟信行方の間の調整役でもあった平手政秀を失った織田弾正忠家家中は、やがて内部分裂を起こし、後の家中内乱を余儀なきこととされていったのである。


政秀の死においては僧沢彦に手厚く供養をさせ、さすがに思うところも多い信長であったが、戦略的にはそのことにもかかわらず大きな飛躍を成し遂げている。

政秀が亡くなったのと同年の天文二十二年、信長は近江国友村より火縄銃五百丁を取り寄せている。

そしてその火縄銃鉄砲隊を初めて戦に集中させたのが、信長と同盟を結ぶ水野氏の領国刈谷の東に今川方が築いた、村木砦における戦いにおいてであった。


村木砦の戦いについて少し述べたい。

天文二十三年（一五五四年）一月、織田信長から同盟者として今川軍との戦いの援軍を求められた斎藤道三は、要請に応じて安藤守就以下千人を援軍として派兵した。

またそれと同時に道三は、安藤らに戦況を逐一報告するように命令した。

同月二十日、信長の求めに応じた美濃軍が尾張の那古野城下に布陣した。

「安藤殿、よくぞ来てくれた」

信長は自ら礼を述べ、安藤らを迎え入れた。

ところが、いざ出陣予定の前日、家臣の林秀貞、通具《みちとも》の兄弟は、安藤等との連合にどうしても納得できず、陣中から去ってしまった。

「留守中に安藤等美濃勢が裏切り、清洲の織田信友に城を奪われるかもしれん」とそのことに対する備えをした可能性もある。

また、「安藤等とともに戦えば、わしらも道三の一味と思われてしまう。道三につくよりは道三と不仲である嫡男の義龍についたほうがよい」と判断したのかもしれない。

とにかく他の家老たちも狼狽したが、「かまわん。いかんやつは放っておけ！　ついてくる者はこい！」と信長は全く気にせず、予定通りに出陣した。

二十一日、織田軍は熱田湊に宿泊した。

当時は大高、鳴海、沓掛の各城が今川軍の支配下であったので、最短の移動には海路を選択する必要があった。

翌二十二日、非常な強風であった。船頭や水夫は船を出すことに抵抗した。

しかし信長は、「これは源義経と梶原景時が言い争った時と同じじゃ。われらは強風での航海も存分に鍛錬しておる。早く船を出せ！」と無理に船頭に船を出させた。

結局信長は海路、知多半島西岸に無事に着くことに成功した。

そしてそこで水野氏とともに布陣した。

二十四日の朝、「出陣！」と信長水野連合軍はいよいよ出陣し村木砦に攻撃を開始した。

砦の構造は、北は要害で攻めにくく、東西には門があり、そして南には甕型の大きな堀があった。

これに対して織田軍は、東から水野忠分、西から織田信光、そして何と信長は堀のある南から攻撃をかけたのである。

「鉄砲を途切れずに撃っていくのじゃ！」

信長軍は砦にあった三つの狭間を奪い、鉄砲隊を配備し、鉄砲の取替えにより効率的に発砲し、その間隙をついて堀を登り、城への侵入に成功した。

想定外の織田軍の多方面からの猛攻の前に、今川方はもちきれず、激闘の結果ついに降伏した。

織田方にも多数の死傷者が出たとのことである。

勝ち戦さであったが、那古野城を留守にして出陣している信長は、長居をすることができなかった。

「水野殿、某《それがし》は那古野に戻るゆえ、後は頼む」

と後の戦後処理を水野氏に託し、砦を後にした。

翌二十五日、信長は今川方に寝返った寺本城へ軍勢を派遣して城下に放火し、今川方から陸路を完全に奪回し、那古野城に帰還した。

信長は城内に戻った。

そして、「今回、貴殿の守りのおかげで今川討伐に出向くことができた。まことに御礼もうしあげる」と安藤に手厚く礼を述べた。

数日後には、安藤等も無事美濃に帰還した。

安藤より戦いの報告を受けた道三は、「すさまじき男、隣には……」と感嘆を極めたということである。

おそらくこの戦いの模様が、朝倉宗滴の存命中、越前に伝わり、彼に「朝倉宗滴話記」にある、「あと三年生きて信長の行く末を見極めたい」という有名な言葉を残させたのであろう。

この村木砦の戦いには信長の新しい戦術が凝縮されている。

狭間を利用して鉄砲の発射を安定させ、鉄砲の交換により連続射撃を可能にするという後の長篠の戦いでの大勝利を予感させる戦術、義経を髣髴《ほうふつ》させる奇襲戦法、堀を越えての攻撃という予想されない方面からの攻撃、居城の那古野を隣国美濃の援軍に守らせる等、いずれもこれまでの合戦の常識をことごとく覆す戦法のオンパレードであった。

道三、宗滴ともに、いちはやく鉄砲を効果的に使用し、他に真似のできない独自の戦術を用いた信長の、革命的な武将としてのセンスの良さに舌を巻いたものと思われる。

下克上

いよいよ父信秀の時代の方針を覆し、信長が主君織田大和守家との決戦を迎える時期が訪れる。

織田信秀の死後嫡男の信長が跡を継いだが、織田大和守家信友は、信長の弟信行の家督相続を実現するがために、密かに信長を亡き者にしようという謀略を企てた。

信友は息巻いていた。

「親の信秀はともかく、あの信長という奴はわが清洲に火を放った狼藉者じゃ。決してあやつには家督は継がせん。織田弾正忠家のこととはいえども、わしの家来筋の家のことじゃ。弟の勘十郎信行に継がせてわしがしっかりと監視せにゃならんわ」

これに対し天文二十三年（一五五四年）、信友により傀儡《かいらい》にされていたことを不満に思っていた、尾張守護である斯波義統が、信長にこの計画を密告した。

斯波義統は織田大和守家信友が先代の達勝に比べて態度が高圧的なことに不満を感じ、プライドを傷つけられていたのである。

この行動を知り、信友は怒りが頂点に達した。

「武衛（尾張守護斯波家）には邪魔はさせんぞ！」

同年七月十二日、織田信友は斯波義統の嫡子義銀が近臣とともに川に狩りに出たところを狙い、坂井大膳、織田三位《さんみ》等の家来に義統を襲撃させて義統一同を殺害した。

このことを知った子の義銀は信長に助けを求め、那古野城で保護された。

七月十八日、遂に信長は挙兵した。

信長の命を受け、柴田勝家が清洲へ向け出陣して三王口で開戦した。

さらに続く安食《あじき》の戦いでは清洲織田大和守家軍は奮戦したものの、信長には秘策があった。

「権六、この槍を使え！」、と信長が勝家軍に渡したのは三間半の長さのある柄を持った槍で、通常の倍近いほどの長さがあった。

柴田軍は信長から渡された槍を使い優勢に戦いを進め、信友の家臣河尻左馬丞、織田三位等が討死にして敗れた。

翌天文二十四年（一五五五年）、信友は生き残った坂井大膳の策により織田信光の調略をしようとするもこれに失敗し、大膳は今川方に逃亡した。

結局信友自身は、主である斯波義統殺しの件を責められ、信光に討たれた。

こうして織田大和守家は滅び、信長は那古野城から清洲城へ本拠を移すことになった。

この戦いにより、先々代信定、先代信秀と続いてきた織田弾正忠家の方針が根本から変えられることなった。

信長は父信秀が貫いた、織田大和守家を宗家として温存するという方針を、叔父の信光とともに破棄した。

これは明らかな下克上であった。

戦国時代では同様のことは度々見られていたものの、こと尾張織田弾正忠家においては、織田信秀が築いた尾張の現状温存という既定路線を覆す大きな政策転換であった。

この政策路線に関しては、信長は信秀を後継することはなかったのである。

信長は観念したかのように静かに呟いた。

「これでわしもいつ討たれてもよい立場になった……」


ここで忘れてはならないが、織田信光も信長にとって重要な影響を与える役割を演じる人物である。

織田信光は織田弾正忠家伝説の小豆坂七本槍に挙げられる、武将としても勇猛な信秀の弟、信長の叔父であるが、信長の気質、性格に関しては、父信秀よりもむしろこの叔父信光に近い遺伝的素因を持っていたようである。

信秀のように周りの人間を自分の味方に付けていくというようなまどろっこしいやり方は苦手で、目的のためには手段を選ばずに突き進んでいくタイプの人間であった。

信長とも主家織田大和守家を上に置くという立場よりも、むしろ「乗っ取ってしまおう」ということで意気投合していた。

また織田弾正忠家の方針を変えるにおいて、まさに叔父甥の関係である信光信長が共に行動するということが、親族同士の総意の証しとして、お互いの存在が下克上の罪悪感の緩衝剤としても働いた。

結局信光自身も原因不明の最期を迎えているが、一説には家臣に謀殺されたとの説がある。

そうであれば、まさに信長と同じ最期を迎えたことにもなり、後の本能寺の変を予想させる歴史の因果を感じさせる人生となった。

勝家

弘治二年（一五五六年）、斎藤道三が嫡男の斎藤義龍と争い、戦うことになった。

道三は美濃一国の譲り状を授けたといわれる、義理の息子である信長に援軍を求めた。

信長もこれに応じ、道三救援のため、木曽川を越えて美濃の大浦まで進軍するも、結局義龍軍を打ち破るまでには至らなかった。

最終的には道三が長良川の戦いにて戦死したとの知らせを受け、信長はやむを得ず尾張に退却することを余儀なくされてしまった。


この事態を受け、末森城において林秀貞、通具兄弟と柴田勝家は、深刻な表情で緊急の家老による評定を始めた。

林兄弟が口火をきった。

「信長公を当主とする限り斎藤との戦いは避けられない！」

兄弟は口を揃えた。

「東には今川が迫っている。道三亡き今、信行公を立てて義龍殿と和睦する以外に織田家が生き残るすべはない。そうだな、権六！」

林通具の言葉に柴田勝家は黙って頷いた。

隣国の情勢を考えれば至極当然の判断であろう。

さらに、織田家中においても、数の上で信行派は信長派を上回っていた。

一方信長方には森可成《よしなり》、佐久間盛重、佐久間信盛らの武将が味方についた。

ちなみに佐久間盛重は信行方の家臣でありながら信長についた、数少ない武将であった。

敵方から見て、身内の信行よりもむしろ信長の方に将来における光明を見出したのであろう。


弘治二年、信行軍は稲生《いのう》の戦いにて圧倒的な数の優位のもとで挙兵する。

七百に満たない信長方の兵数に対し、信行方は千七百もの兵を派兵したという。

しかし結果は数の優劣とは全く逆のものとなってしまった。

信長軍の精鋭部隊は兵農分離の軍事専門部隊であり、緒戦においては柴田勝家らの奮闘あるも、信行軍は追いこまれ、結局敗北してしまった。

この戦中において、次のような逸話が残されている。

「権六、主はひきさがっておれ！」

信長に強く大声で叱責された柴田勝家はその威圧に圧倒され、全く身動きがとれなくなったという。武将としての信長のスケールの大きさ、強さを象徴するエピソードである。

さらに信長軍は末森城に信行を包囲するが、生母土田御前の計らいにより、信行、勝家らは赦免された。

しかし、翌弘治三年（一五五七年）に信行は再び謀反を企てる。

前回とは異なり、稲生の戦いの後からは信行の家臣との不仲もあり、信長に通じていた柴田勝家からの密告があり、事態を悟った信長は病と偽って信行を清洲城に誘い出して命を奪った。


「是非に及ばず」

信長の歴史上最も有名となった最期の言葉であるが、この言葉ほど信長の家臣に対しての考え、姿勢を端的に表したものはない。

清洲において、信長は信行を粛清して後、信行の謀反を密告し信長への忠誠、恭順を示した柴田勝家を呼び、その忠誠と功績を称えた。

しかし舌の根の渇かぬ間に信長は、次の詰問のような問いを始めた。

「ぬしは信行の謀反、よう教えてくれた」

言葉では褒めながら厳しい表情で勝家を見つめた。

「勝家よ、おぬしはわしに仕えているのか、織田に仕えているのか？」

背筋がぞっとする思いをかき消しながら、またそうする以外はないとの思いで正直に勝家は答えた。

「織田家にございます」

信長はにやりと笑った。

一度は自分に刃向った勝家を再度召し抱えたのは信長自身であった。さらに問いを重ねた。

「わしが死んだらどうする」

「奇妙丸（信忠）様に仕えます」

恐怖に耐えながら勝家は答えた。

「奇妙丸と兄弟が争ったらどうする」

容赦なく信長は次の言葉をつないだ。

「奇妙丸様が継ぐことが織田家の最も栄える道、それ以外の存念はございませぬ」

勝家は背筋が震えて冷や汗が止まらなかった。

彼は後の江戸時代には当然となった、主君に対する忠義と奉公の精神を持ちながらも、それと同時に、望ましくない主君に対しては家臣自らの手で主君を排除するという、或る意味下克上よりも苛烈な戦国時代的な君臣関係の精神をこの時代に併せ持って、骨の髄にまで浸み込ませている珍しい武士であった。

勝家は、尾張武士というよりもその精神性は極めて三河武士に近い存在であった。

信長もその精神性についてはよく理解していた。

それ故勝家の謀反もこれ以後も許し続けた。

「それでよい。権六！　わしに足を向けることなどなく、いっそう忠義に励め！」

長篠の戦いの後にはそうはっきりと言ったとされているが、稲生の戦いで信行を立てて信長に刃向かってその後許されてからは、終生この言葉に集約される主君と臣下の関係であったであろう。

また、それを守り抜いた勝家の忍耐力の強さというものも尋常のものではなかったのである。もし彼がその本人の特性に合うように家康の家臣であったならば、徳川の時代をいっそう磐石なものにするように邁進したのか。

いやはや、その勇猛知略な気質から徳川の天下とりのために小牧の戦い以上の大戦さをしかけ、やはり羽柴秀吉に討たれるという結局同じ歴史的宿命に散るのか。

そのような大きな想像や好奇心を働かせる歴史上において稀有な魅力的な人物である。

このような、父信秀時代より織田家に仕えてきた家臣に対する信長の態度は一貫していた。

「奴らはわしを見ているのではない。織田という家と自分の家をずっと見て、従ってきたのじゃ。それはそれでもいいだろう。わしが当主である限り奴らは織田という家を見ながらわしに従っていくであろう」

そうは言っても、この時代に至るまで信長につき従う家臣は、織田家に従っているとはいえ信長の性格の厳しさも肝に銘じており、古くからの家臣ももちろんいたが、さすがにいったん信長に臣従すると決めたからには信長自身が最も嫌う、世間知から信長を評価したり、主君を諫めたり何かを強いるような恐れはない存在にはなっていった。

「ただし、従うといえど、何の働きもないときは……」

「是非に及ばずじゃ！」

後年最も古くからの直属の家老佐久間信盛を、「長年召し抱えるもこれといった功も無き故」等と十九ヶ条の理由で、古びた道具を捨てるかのように放逐してしまうことへと繋がる主従関係への考え方であった。

秀吉と並び織田家の道具としても十分な働きをした勝家と、道具にはなれなかった佐久間信盛の間で見られた晩年の非情な仕置きの差であった。

また現代の定説にあるように、織田軍団の強さを兵農分離した常備軍に求めることとすれば、彼ら旧臣は信長にとっては忠節者というよりは、まだ兵農未分離であった父信秀時代の化石のような存在であり、自分自身を主君に次ぐ殿様気分で領主たる振る舞いを示す「ふとどき者」にさえ映っていた可能性が強い。

近臣を見る目は苛烈を極めていた。

後、この信長の人を道具として見る心性を過剰に意識するあまり、かえって自分の身を不利に導き、やがて主君を滅ぼすというとんでもない結末を起こした家臣、明智光秀がいた。彼は何と、信長のみが動かしていた政策のパネルを、単にパネルの一枚でしかなかったはずの自分自身が突然自らひっくり返してしまうという行動に出た。

光秀にとっては攻撃者信長に自分の身を合わせ、自分自身が信長になる行為であった。

信長の家臣から信長の後継者に転身するという常識的には絶対不可能な選択を行ってしまったのである。

また信長自身から見れば、父信秀の考えのように、「家臣も自分も同じ人間である」として自分の身を相対的な人間関係の中に置く考え、習性があれば、この事変を被るようなことはなかったであろう。

桶狭間

信長は永禄元年（一五五八年）、浮野の戦いにて犬山城主織田信清とともに尾張上四郡の守護代、織田伊勢守家岩倉城主織田信賢を攻めて破り、国外に追放した。

また永禄二年、以前は信長が保護をした尾張守護の斯波義銀が信長に反旗を翻したのを知るとこれも追放し、名実ともに尾張の国を統一した。

国内をまとめた信長は対今川方面の戦略開始にとりかかった。

まず一時今川に奪われていた熱田にも近い笠寺を奪還した。

さらに鳴海城を囲んで砦を築き、籠城する今川方の武将岡部元信を完全に包囲した。

さあ、この状況で今川方の動きはどうであったかと言うと……。

翌年の永禄三年（一五六〇年）五月、この信長の逆襲と言える状況下で、いよいよ今川軍も動きだした。

一説には四万、実数として二万は下らないと言われる軍勢を尾張方面に準備した。

その今川軍の先陣を予定しているのは、かつての竹千代、松平元康率いる三河兵であった。

これに対する織田軍は総数五千。圧倒的に不利な状況であった。

そのように、数では圧倒的に有利な今川義元側であったが、彼にも悩ましい事情があった。

義元は唇をかんだ。

「雪斎さえおれば、もっと早く手を打っていたものを……」

義元は五年前に軍師である太原雪斎を失っていた。

そして雪斎なき今の状態のままでは、軍を動かすためには義元自身が出陣する必要があった。

なぜならば、雪斎に代わり得るような心から信頼のおける軍師といえば、それはもはや自分自身をおいて他にはいなかったからである。

しかしそうは言っても、自らが出陣するとすれば、その間は領国を留守にしなければならない。

「わが身の代わりをする者はおらんのう……」

義元は形式上、二年前には家督を子の氏真に譲ってはいたが、まだ領国を氏真に任せきるには至っていなかった。

隣国の北条氏、武田氏とは同盟を結んでいる状態ではあったが、家臣や寄子の中にも両氏に通じている者も多く、決して領国内では隙《すき》を見せるわけにはいかず、常日頃からその動きには神経を尖らせていた。

また、この合戦の前に、せっかく織田方から寝返りに成功させた笠寺城主戸部新左衛門を、信長の偽書による謀略にまんまとひっかかり、自ら間違って戸部を成敗してしまうという大失態も演じており、結局笠寺も信長に奪われてしまった。

もはや国境付近でわが意を思いのままに命ずることのできる有能な武将はいなかった。

つまり、義元は雪斎がいた時代のように、臨機応変に尾張で局地戦を重ねることが不可能な状態となっていたのである。

「大軍をもって一気に信長軍を壊滅させるしかない」

そう義元は自分に言い聞かせ、そのタイミングを計っていた。

文字通り「海道一の弓取り」として一挙に東海に自分の名を覇せる大舞台、大戦さの時を待っていたのである。

まさにこの点から見れば、岡部元信らが奮闘している鳴海城、隣の大高城を救援するというのは、大軍の進軍を決断するにはこのときをおいてない、絶好の勝負時であった。

そしてもちろんこの勝負時においても、義元は師の雪斎の教えに対して忠実であった。

決して気を焦ることもなく、鳴海城、大高城の救援、制覇に万全を期して、少しも準備を怠らなかった。

そしてその時は訪れた。

永禄三年（一五六〇年）五月十九日早朝より今川軍は松平元康、朝比奈泰朝の指揮により鷲津、丸根の砦に総攻撃を開始した。

これに対し清洲の信長は前日から軍議を開くこともせず静寂を保っていた。

「夜も遅いゆえ、もう家に帰ってよい」と信長は家老に帰宅を促した。

「運の末には知恵の鏡も曇るとは、このことなり」と清洲の家老衆はさぞ嘆いたという。

このことに関しては、相手の諜報にひっかかり、こちらの情報を敵に知られたくなかった信長の決断であった等と言われている。

確かにその要素は大きかったであろう。

ただし、はなから信長は、信秀時代からの織田家の家老や家臣の兵力を使う気は毛頭なかった。彼らの主張する清洲での籠城戦も、全く念頭になかった。

自らの親衛隊と配下の者のみで戦うという決心を固めていた。

内心はこうであっただろう。

(義元を追い払う。地の利はわしらにある。ぬかるみに誘い込んで、出てきた相手を徹底的に討つ！父上も蝮の親父もそのようにやって勝ってきたのだ……)

信長は実父の信秀のゲリラ的な兵の動かし方と義父の斎藤道三の相手方の虚をつく戦法をあわせた独自の戦法を考え、この人生最大、乾坤一擲《けんこんいってき》の戦いで一挙に出しきるつもりであった。

確かに、単なる籠城戦は、信秀も道三も彼らが将であれば選択しなかったであろうと推測される。

この点において信長は彼らの忠実な後継者であった。

五月十九日午前八時、今川軍の攻撃を知り、ついに信長は例の幸若舞「敦盛」を舞った後、昆布と勝ち栗を前に立ちながら湯漬けを食べ、出陣した。

まず熱田神宮に参拝。その後善照寺砦に四千人の軍勢を集めた。

この間にも今川先鋒軍は大高城を囲む鷲津、丸根の砦を次々と陥落させていった。

この時、義元は尾張内の三河との国境近くの沓掛城を出立していた。

「じっくりと一つ一つ敵の砦を落としていけばよい。相手の補給路や援軍もじっくりと断っていくのじゃ」

義元は、雪斎であればこうするであろうと思う戦術を何度も反芻するかのように唱えた。


しかし、ここに一つの落とし穴があった。

かの太原雪斎ほどの人物であるから、織田信秀時代の軍略や尾張国内の情勢、息子信長の世間での評判に関してはぬかりなく調査していた。

しかし、ただひとつどうしても諜報や分析では知ることのできないものがあった。

それは〝うつけ〟といわれた信長の内面の独自性と本質の問題であった。

雪斎は竹千代との会話のやりとりの中で、信長に独自の思想、思惑があることには気付いていたが、いかんせん彼は生身の信長とは対面したことがなく、そのことに関しては竹千代の言葉や表情から推測する以外に術はなかった。

また竹千代も信長と会ったのはまだ幼い時期であり、さらに「良いものはなまじっかの自己判断をくだすよりもそのまま受け入れたほうがよい」という雪斎からも褒められた竹千代自身の持つ特性もあって、あえて自分の意見として信長のことを語ったりすることもことさら少なかった。

さりとて、有能な軍師である雪斎のことであるから、自分の情報収集がけっして完全ではないことは自覚しており、彼が指揮を執れば、いざ戦いが始まれば信長が個別にどのような動きを見せるかには特に注目したであろう。

雪斎の弟子としても優秀な、海道一の弓取りと言われた今川義元は、雪斎から教えられたすべてを発揮できる有能な人物であった。

ただ、有能であるが故に自身の不足を感じることができず、信長を他の戦国武将と同じ動きのなかで捉えてしまった。

このことが歴史的にも稀有な、文字どおり致命的な大敗北を喫する最大の原因になってしまった。

この点は同じく後に歴史的大敗北を喫することになった、武田勝頼との大きな類似点でもあった。

有能な人物の欠点とは、欠点そのものが常にあるのではなく、有能な思考回路のために欠点に気がつきにくいという機微の中においてのみ、それが露呈してしまうということなのである。


沓掛城を出立した義元ら本隊は午前十一時頃には桶狭間山に到着した。

すぐに自軍の先陣部隊より鷲津砦、丸根砦を陥落させたとの戦勝報告を受けた。

「よし」

一度桶狭間山に登った義元は砦に残る煙により自軍の勝利を確認した。

戦勝を祝っての謡《うた》いを三つ謡った。

さらに善照寺砦から飛び出して今川先鋒隊と戦った佐々政次らの首が義元のまえに届けられた。

「今から首実検を行う！」

義元の指揮により室町以来の伝統にのっとり、勝利の儀式が行われた。

まさに全てが義元の思いどおりに進行していた。


しかし、首実検が終わり、ちょうど休憩をとっていた頃、義元にとってまさに恐ろしい事態が展開していた。

信長率いる本部隊が、なんと目前わずか三キロメートル先の中島砦にまで集結していたのである。

信じられないことであるが、義元本隊も先陣の偵察隊も、敵将信長の所在を確認、報告することができていないという空白の隙間《すきま》が出現していたのである。

鷲津砦、丸根砦の陥落や佐々隊の敗北後、間髪を入れずすぐに大将信長本隊が先陣に出撃するという、敵、信長軍の動きは、義元の頭の中には全くなかったのであろう。

確かに彼を擁護する立場から言えば、合戦のセオリー上ではそのような事態、戦況はあり得ないのが常識ではあった。

そして、義元にはさらに悪いことが重なってしまった。

信長の動きに気づかないばかりか、その後義元らは戦勝の酒宴を始めたのである。このことがまた大きく歴史を展開させる。

信長は善照寺砦に自軍の旗を立ててなびかせ、秘かにさらに先の中島砦に移っていた。

この先桶狭間山までは細い一本道が続くのみであった。

この、善照寺から中島砦への移動は極めて危険であり、家臣にも止める者が多数いた。

中には信長の馬の轡《くつわ》をとって止める者もいたという。

だが、柳田政綱の知らせで今川軍が「桶狭間山の窪みで休みをとっている」との報告が入った。

「死地であるからこそ敵も油断しているのだ！」

信長は家臣の静止を振りきり二千の兵を進軍させたという。

結果的には進軍は無事成功した。


信長は中島砦に着くと、間髪を入れずに、「桶狭間を攻める！」と宣言した。

この中島砦から桶狭間山に続く道の周りは、深田や湿地帯から始まり、人馬が一、二やっと通れる程度の細道が続いていた。

信長は当初、「細い径路での戦いであれば大軍が相手であっても、局地戦での勝利を積み上げて戦線を有利に展開できる」と考えていた。

中島砦を桶狭間山に向かってさらに出発する時は、「敵が仕掛けてきたら、ただちに引き、敵が引き揚げたなら押し返せ。もみ合いの中から敵の隙をついて一気に追い崩せ」と具体的な下知を与えている。

しかし中島砦からいざ進軍を始めると、驚くことに、今川の本隊も先発隊も全く反応がなかった。

彼らは信長の進軍に全く気付いていないようであった。

「義元からの部隊は来ぬか？」

「斥候もおらぬか？」

信長はたて続けに問いを重ねた。

「殿、そのような者はおりませぬ」

近習の者が答えた。

そしてさらに報告が入る。

「柳田政綱の知らせで今川軍は休みをとるどころか、酒をのみ宴を興じているとのことです」

「でかした！」

戦後一番の手柄とされた情報の続報が信長の耳に入った。

「そうか。義元はわしがここに居るとは全く気がついておらん……」

信長は気分が高揚した。

信長はここぞとばかりに周りの皆に向かって叫んだ。

「熱田大明神の御加護ありじゃ！　一戦交えようと思う者は全てわれについて来よ」

最初信長隊は相手方に気付かれぬように悪路を徒歩にて進軍していた。

このとき、勝負を急ぐ信長にこれ以上ない進言をもたらす者がいた。

道三との関係を頼り信長に仕えた、美濃出身の忍びの出自と云われる重臣の森可成であった。

「殿、今なら馬のままで攻めることが可能と思われます」

可成が進言した。

「であるか。なるほど……」

信長は唸った。

中島砦から桶狭間山に進軍するときは馬の横腹に自分の身を隠すような乗り方を行った。山に近づくにつれ丘陵も多く、相手方の盲点も増えていた。

「この乗り方なら相手に見つからずに馬で進むことができる」

この乗り方も毎日の母衣衆との馬の鍛錬で身に付けた乗り方であった。可成はその鍛錬を見ていた。

基本的には全ての戦略を自分一人で考える信長であったが、可成は軍師として進言できる数少ない存在であった。

この騎馬での進軍により半時、三十分以上はかかるであろう進軍時間が、わずか十五分足らずの単位に縮小した。

また史実にあるようにこの時空が真っ暗になり、突然の豪雨が襲い、今川軍は信長軍の行進にさらに気がつくことができなくなった。

雨脚はゲリラ豪雨のように激しくなり、総ての者の視界を奪っていった。

「雨じゃ！　雨支度を行え！」

今川軍は酒宴の雨支度に追われる羽目となってしまった。

結果は信長の期待通りになった。

桶狭間山で休憩をとっていた今川軍は信長軍の行軍の姿を全く捉えることはできなかった。


信長軍が桶狭間山に近づいた。

この大事なときに限ってであろうことか、「殿、見てくだされ！」と以前信長の怒りを買い追放の身となっていた前田利家が、許しを請うためであろう、どの場所の敵かは分からぬが、ほぼ抜け駆けぎみに手柄として相手方の首を取ってきた。

「そのようなものはいらん！」とこの行為は信長の怒りをさらに買ってしまった。

抜け駆けは全ての計略を水泡に帰する恐れがあり、それは自軍の全滅を意味する。

信長はそのことは絶対避けなければならなかった。（利家はプライドを傷つけられるとともにこの後もしばらく信長の信頼を完全に失ってしまった）

信長はこの戦いで最も大事な下知を行った。

「皆の者聞け！」

信長のかん高い声に兵は驚き沈黙した。

「これは鷹狩りじゃ。獲物は唯一今川義元じゃ。他の相手の首はすべて打ち捨てよ！」

改めて明確に首を捨て置くよう申しつけた。

信長は鷹狩りでは獲物を野犬の群れにさらわれる経験もした。

一匹のリーダーの下、別々の犬が獲物の退路を塞ぎ、獲物の弱点を急襲できるポジションをおさえていった。リーダーが率先して動かねばならぬこともその時に経験した。

(最後は野生の獣の群れのように確実に仕留める……)

「二手に分かれて、一方は坂の上から一方は正面から同時に勢いよく攻めるのじゃ」

「後は速さじゃ。速さじゃ！　速く行くぞ！」

信長が叫んだ。


今川軍は酒宴の片付けを行っていた。

「なんじゃ。あれは？」

今川兵は自分の目を疑った。

桶狭間山の正面と山の二方向から黒い山のような軍隊が突如襲ってきた。

「謀反じゃ、謀反が起こった！」

あまりの速さで思ってもいない坂の上からなだれ撃ってくる攻撃に、自軍の謀反が起こったと勘違いした今川軍はパニックに陥ってしまった。

布陣を全く取れないまま無為にたむろしていた軍団は、数の上では万を超えるものであっても戦力としてはまったく機能を失った状態であった。

信長軍が怒涛のように彼らを襲った。

数百騎の義元の親衛隊も防御の態勢さえもとれず、義元を落ち延びさせることさえもできなかった。

もちろん影武者も準備することができず、不幸にも彼の塗輿《ぬりごし》と派手な金色八竜の兜が格好の目標となってしまった。

まさに野犬の群れのように信長の家来が次々と義元に襲いかかった。

服部小平太の攻撃を見事な太刀さばきで防いだ義元であったが勝負は決していた。

「大将の首、討ち取ったり！」

終に今川義元は信長方の毛利新介に首を落とされてしまった。

今川方の死者は二千に及んだという。

残りの今川軍も蜘蛛の子を散らすように逃げ去ってしまった。

まさに電光石火の信じられない速さで義元は討ち取られてしまった。


全てが終わった。

その光景はただ無常の限りを極めつくしたものであった。

ついさっきまで確実に〝目の前にあった〟、わが命を亡き者にしようと確実に狙う〝今川の恐怖〟が一瞬で露のように消え去ってしまった。明らかにそれはもう既に〝ない〟ものになってしまったのである。

「終わった、のか……」

勝った信長もそれ以外の言葉が出なかった。

まさに誰もが考えられない速さ、一方的な展開で、戦いは終わった。


真の成功とは、感覚としても、決して快感のみに満ち溢れた体験ではなく、成功が現実化するその時というものは、確かな手応えのもとで導かれるものではなく、かえって気味が悪くなるような容易さでもたらされるものであることを、このとき信長自身は嫌というほどに強く体験した。


また、そのことを敵方からながらもその日のうちに報告を受け、大きな恐怖を感じながらも、大いなる興味の目でしっかりと心にやきつけていた武将がいた。

松平元康、後の徳川家康であった。

人の長所を取り入れることに後世類のないほどに意欲をみせる精神を子供のころから育んでいた彼は、突然自身が敗軍の将の一人にされたにもかかわらず、自分が同化したい羨望の的として信長の勝利を見た。

後の天下人は珍しく興奮して、「殿、急ぎおちのびなければなりませぬ！」という酒井忠次らの重臣の退却を促す言葉にも全く答えず、陣中のその場をしばらく動くことができなかった。

「よく覚えておけ！　これが戦さじゃ。野戦を勝つとはこのようなことなのじゃ」

重臣に何度も繰り返し、同じ言葉を浴びせ続けた。

桶狭間の戦いは、やがて天下をとることになる武将に、真の成功体験とはどんなものかをまざまざと眼前に披露する舞台を提供することとなったのである。

まさに歴史の因縁とはこのことである。

この後に同盟を結ぶ勝利者との精神的同化をこの時に経験することがなければ、家康の手によって成し遂げられる、関ヶ原、大坂の陣を経て後の徳川幕府二百五十年以上の安泰は、決して見ることはできなかったであろう。

エピローグ

この後織田信長は史実にあるとおり、美濃の斎藤龍興を破り、その居城稲葉山城に入り、井の口と呼ばれていたこの地域を岐阜と改名し、ここから天下布武を宣言した。

そして、足利将軍義昭を奉り上洛を果たす。

上洛後は逆に将軍義昭の反感を買い、一向宗、延暦寺、朝倉、浅井、毛利、武田等の反信長包囲網の強い抵抗に遭ったが、安土城に拠点を置いて全国統一を進め、ほぼそれは目前のこととなっていた。

そして本能寺の変にて討たれ、その歴史の役目を終えることとなる。


生前信長は自ら明に渡り天皇を皇帝として擁立し、さらにはインドにまで版図を広げようとした野望があったと言われる。

明は信長の死後次第に国力を衰退させ、一六四四年李自成の乱により滅亡する。

もちろん信長の野望の実現性の可否を論じることや、明への派兵が成功したかどうかは今さら言っても始まらないことであるが、他の者が持ち得ないその発想力と独特の着眼点には、まさにただ驚かされるばかりである。

時代背景として、本能寺の変がなく、嫡男の信忠への後継がうまくいくなどの諸条件がうまく重なれば、中国史を大きく動かす、もしくは中国史と日本史が合わさるようなことも起こり得たかもしれない。


朝鮮出兵に関しても、もし信長の指揮の下でそれが行われたのであれば、出兵を要請された大名たちは、秀吉の家臣の時のように面従腹背の姿勢というわけにはいかないであろう。

信長が指示を出したとなれば、全面的に従うか、おそらくこれも荒木村重や松永久秀、そしてかの明智光秀がそうであったように、死を覚悟して逆らうかのどちらかに追いこまれたであろう。

秀吉の朝鮮出兵以上の過酷な戦いと、別の負の遺産を抱えることになった可能性も高いが、おそらくさらにはっきりとした結果が歴史に刻みこまれることになったであろう。


ここで述べているテーマは歴史の〝たら、れば〟に類するものではない。

重要なのは信長の野望そのものが成功したかどうかという点ではなく、その背景にある、信長が他の者では考えもつかなかったであろうことを発想し、実行に移したであろうという点である。

その明確な発想と実行力……。

まさに織田信長はカリスマと言ってよい存在であった。

そして信長の死後、時代は豊臣秀吉、徳川家康の天下統一に続き、その後徳川幕府による長期安定の時代へと流れていく。


どうして豊臣の政権は一代の短命に終わり、徳川は長期政権を築くことができたのであろうか？

もちろんそのことを一言や一因で語ることは、到底、無謀で無意味なことである。

ただし、この極端に正反対の結果となった歴史こそが、秀吉や家康が織田信長、織田政権に対してどう向き合ったかを私たちに教えてくれる重要な鍵になると思われる。

このことは織田信長を考えるにあたって、有意義な歴史的観点を私たちに与えてくれるであろう。

重要な点は、秀吉と家康がどのように織田信長との同化を行おうと試みたかということである。


徳川家康に関しては、彼はこの物語に描かれている織田信長の元型と思われる、桶狭間の戦い以前の信長のカリスマと同化しようとしたものと考えられる。

またこれも小説の中で見られたが、家康は幼い頃に父親と別離したこともあり、その頃から織田信長はもちろんであるが、織田信秀、太原雪斎、今川義元らの武将にも出会い、彼らの姿、男性像を懐《ふところ》深く吸収し、さらにそれら全てを自らの心の鋳型の中に収めることに成功した。

これは個人の人格形成としては奇跡的な偉業であり、家康のこの人格形成が後の徳川政権の多様化、安定化に大きく寄与したことは否めないことであると思われる。

またこのことにより、結果的に家康は必要以上に過剰に織田信長というカリスマに影響され過ぎることも避けることができた。

特に天下統一目前の頃の為政者としての信長には、いくら派手さがあっても、後に自分が統治を行う時には、全くこの頃の信長に同化することはなかった。

むしろ家康は、統治者としての像としては、民の生活を重んじる領国経営を行った今川義元や雪斎らの今川家の先人に、また統治における政治哲学の点では、徹底的な現状保存主義である信長の父である織田信秀に、自ら同化することとなった可能性が高いと思われる。

家康が信長から受けた影響に関しては、関ヶ原の戦いにおける野戦の強さや、大坂の陣で見られる果断な勝負勘や巧妙な外交策に大きな影響の跡が感じられる。

つまり家康が同化した信長は、稀代の戦国武将としての織田信長であったと思われる。


これに対して秀吉は、自らの出会いの運命がそうであったように、また彼自身が歴史上に現れてくるのがその時期であったことから、桶狭間の戦い以後の織田信長のカリスマと同化したようである。

もっと正確には、秀吉はそれ以前の信長とは直接同化し得る機会は持たなかった。

そして晩年になるにつれてそのカリスマに影響される行動がますます増えていった。

晩年の秀吉は自らが天下人となったこともあり、ますます信長への同化への傾倒を強めていくことになったのである。

必然、彼は統治者、支配者としての織田信長に強く同化していくこととなった。

家康のように他の先人からも大きく影響されることはなく、逆に彼自身の本来の長所や自分自身のアイデンティティーでもある、人の心を巧みに読み取る繊細な性格も薄れていき、信長の家臣の頃にはよく言われた〝人たらし〟や〝大気もの〟という陽性の性格も次第に見られなくなっていった。

おそらく最晩年には認知症も発症したのであろうが、あまり人を殺さない人が平気で人の命を奪うようになった。

晩年の秀吉は人格の不安定さもあり、信長以上に怖い人になってしまった。

信長を取り入れ続けたことにより、政権どころか終に一人の人間としても完結することなくこの世を去った印象さえ受けるのである。

このように信長という大きなカリスマにどのように同化したのかということは後の秀吉と家康の対照的な運命の結果の一つの要因になっていったと思われる。

それにしても、時期は異なるとしても、どうして織田信長という同一人物への同化でありながらこのようなことが起こるのであろうか？

それはこの小説でも描いたように、信長という人間の質が、その時代々々によって明らかに異なっていることが大きな原因であるように思われる。

その結果、信長に同化した時代の時間的な差によっても相容れない異なる作用、結末をもたらすことになったのであろう。

織田信長を学ぶ難しさがここにもあると思われる。

そして秀吉と家康の違いが最終的には政権の持続の可否という、歴史にとって極めて大きな差となって現れる結果となる。

豊臣の政権が短命に終わった理由については史実から端的に言えば、豊臣秀頼があまりにも幼すぎたことが大きかったのは事実であろう。

ただ歴史を為政者から見る観点で言えば、秀吉の描いたプランがその不遇を受け入れざるを得ない運命を必然に有していたという見方ができる。

歴史的には、為政者、統治者自身が自分の政権に対して初期にどのようなプランの絵図を描いたのかが、まず最も大きく政権の存続の是非を決定する要因になるであろうと思われる。

その大局的な観点から見れば、跡継ぎの数の多寡さえ、そのプラン上の一齣《こま》の役割を越えるものではないとさえ言えるであろう。

この意味では、家康の描いた政権運営の絵図が秀吉のそれに比べて格段に巧妙なものであったということが、後の徳川長期政権の大きな要因になったものと考えられる。

さらには、その後の石田三成の関ヶ原合戦や大野治長の大坂の陣における最終的な破綻も、歴史的にはその家康の描いた絵図、構図に彼らが絡めとられてしまった結果であると認識できる。

もちろん家康の強さがすべて信長の影響であるはずはないが、成長期の信長と実際に間近で生活し、同時代を経験したことが彼の人格や意思の決定に及ぼした影響というものは、特に戦闘や策略の強さ、巧妙さという観点からは、計り知れない大きさであったと推測される。

関ヶ原や大坂の陣での圧倒的な勝利には、家康が信長から得たものが大きく寄与し、またその勝利がなければ、無論、後の徳川政権の長期安定は決してもたらされなかったであろう。


そして時代はさらに進んでいく。

徳川家康の中に取り込まれたと思われる織田信長のカリスマ的な痕跡は、やがてその家康を神格化する三代将軍家光の治世により幕藩体制の中に目に見えない安定した形で保存され、やがて神君家康の生まれ変わりとまでもてはやされた十五代将軍慶喜による大政奉還と、明治新政権への徳川家の参入の道が閉ざされたことにより、その政治的な命脈を失うこととなる。


時代は明治となり、精神的には皇国史観的な日本人の古《いにしえ》の心に訴える政策が中心となっていった。明治時代、政府はやや復古的な伝統主義を用いることで、維新という大きな成功を収めるとともに、日清日露という大戦にも勝利することができた。

そして大正の変動期を経て、やがて昭和における太平洋戦争では大きな敗戦を経験することとなった。

突然今の時代となって申しわけないが、時代はさらに進み、わが国では敗戦から復興、高度成長社会を迎え、世界は冷戦の構造における対立社会、そしてその後の現在に繋がるグローバル化に伴う様々な混沌を伴う現在の社会へと変遷を見せた。もちろん日本もその一員として大きな影響を受けている。

その大きな歴史の流れの中でも織田信長像というものは、明治以後も現代に至るまで、例えば神国である日本における、桶狭間の戦いのような奇跡的な勝利を挙げる軍人のモチーフとして現れたり、慣例にとらわれずに合理的な手段で改革を進める型破りな組織のリーダーや経営者の姿として、時に応じて、継続的なものではないものの、断片的に日本人の精神の中にその姿を見せる存在となっている。

日本人の心の中で、織田信長の存在自体は今でも残り続けている。

そのように、現代にも象徴的な存在として残っている織田信長であるが、それだけでは終わらない将来につながる歴史的な観点があるのではないかという思いからこの小説を書いてみたいと思うようになった。

小説において、以下に述べるようなことにほんの少しでも役に立つ面があれば幸いな限りである。

歴史を学ぶ大きな目的の一つであり最も魅力的な事業は、人物や事実の痕跡を頼りに、我々が生きているこの世の中の構成やダイナミズムを再編成することであると私は思っている。

その点、織田信長が歴史上に残した痕跡というものは、まさにこの目的に寄与する強いインパクトを内包しているカリスマの痕跡であり、それは決して消え失せない魅力を内包している歴史的テーマであるように思われる。

しかも私たちはいまだ織田信長という人物の内面や独自性に関しては、話し尽くしてはないのが現状ではないかと思われるのである。


歴史的に語られる織田信長の人物像はというと、よく言われているように、既存の価値観にとらわれずに合理的精神をもって世の中を改革したという革命児的な評価と、晩年によく見られる、その自分に抵抗する勢力に対して手段を選ばず、武力や虐殺を用いてまでも自らの行動を断行する魔王のような姿がある。

そして、最終的には家臣である明智光秀の謀反により非業の最期を遂げるという、天下統一を目前にしながらそれを成しえなかった不運の武将としての姿がある。


特に後半二つのイメージが強いため、これまで織田信長のモデルをそのまま社会に援用することは、あまりされてこられなかったように思われる。

またこの小説のテーマでもある、信長という人物に対する理解の難しさが、なおさらそのような単純な援用を憚《はばか》らせている要因になっているように思われる。

織田信長を再生させるというのは、まったく困難な作業である。

大きな話となり恐縮であるが、現在の日本が置かれている混沌とした時代背景を考えてみたい。

今は世界中で政治や経済は不安定であり、私たちは日々不安の尽きない生活を送っている。

外交や安全保障の問題においても、被爆国でありながら米国の核の傘の下に守られつつ、周辺国の脅威に曝《さら》されているという、恐怖と矛盾に満ちた日々を送ることを余儀なくされている。

政治からも何らかの打開策を打ち出さなければならないのであるが、あまりにも解決が難しい問題でもあり、やむを得ないことでもあるが、有効な手段を誰も明確に提示することもできないままに時を重ねる日々が続いている。

社会においては、漸進的な政策のみでは打開できない、閉塞的な空気が世の中に充満している。

また民衆には、真のリーダーの不在を嘆きながらも、口だけの改革者を自称する政治家の多さに辟易する気分も満ち溢れている。


そのような難しい現代社会であるが、ご存知のように信長は、戦国の苦境の世の中で他の誰にも決してまねができないような固有の打開策を打ち出した、傑出した存在である。

こと政治に関する判断と行動力の果断さにおいては、日本史上においても同様のものは、そう見あたるものではないと思われる。

現代のような混沌とした時代においては、民衆の中に、信長的な歴史的展開が安全に可能なものであれば、それを望む心が現れても不思議なことではないだろう。

よって織田信長という人物について考えてみる価値は、そのような今の状況の下において、より意味を増していると思われる。

もちろん現実的に、単純に信長的なリーダーが現れるということはないであろう。

また、私たちも決して直接的なそのような状況を望んでいる訳ではないと思われる。

そのような中で私たちが実際に行うべきこととすれば、彼の歴史的功績から現実に応用できる何らかのスキームを見出すということになるのであろう。

ただし言葉では簡単ではあるが、この実践には強い反省と困難が伴うであろう。


まずは反省について話してみたい。

先ほど述べたように日本は明治時代、伝統主義を用いることで大きな成功を収めたが、やがて最終的には太平洋戦争での大きな敗戦を経験せざるを得ないことになってしまった。

歴史を時代に反映させるということについては、欧州でのルネッサンスや先の日本の明治維新のように華々しい成功を収めることもあれば、同時に、一つ間違えば大きな負の遺産を抱える要因にもなり得るという難しい側面を持つ。

ましてや織田信長には歴史の負の遺産に繋がりかねない危険な側面があることがその生涯における姿からも強く伝わってくる。

その負の遺産を繰り返さないという前提が歴史からの大きな教訓である。

本質を、決して間違った解釈をすることなく取り入れていくことが極めて重要な作業となる。

次に困難な点についてである。

まず時間的な必然性から、織田信長という人物が残した様々な偉業は一人歩きし、時代背景も大きく変わったこともあり、真の人物像からその多様な要素が拡散する傾向にある。

時代が経つにつれ、かつて秀吉、家康が行ったような純度の高い同化はますます困難なこととなってきている。

確かに家康のように、全面的な模倣ではなく自分が援用できる形で部分的に取り入れるという方法は一つの有効な手段であるが、この場合も部分的とはいえども、家康の存命時代のような純度の高い同化は無理なことであると考えられる。

現代においては、純粋な同化により部分的取り込みを行うことさえも難しく、必然自分たちの消化できる本質を取り入れるという別の過程が必要となってくる。

拡散した断片を丁寧に拾い上げてさらに全体として再生させることに努めなければならない。

この作業はかなり困難な作業である。

しかし非常に難しいことでありながら、同時に織田信長の残した歴史的痕跡、カリスマというものは決して消え去ることはなく現代の世に脈々と残り続けているのも事実である。単純な同化は難しいこととはいえ、私たちが彼から得ることができるものは現在においても確実に存在し続けていると考えてよいと思われる。彼は本質的な選択に応え得る歴史的な逸材なのである。今は単純な同化が難しくなった信長の後世の時代であるが、逆に後世から振り返って見るが故に、その意義に関しては疑うことなく認めることができるのも事実である。

私たちは根気をもって、困難と反省を乗り越えてでも彼から何かを学ぶ価値があると認識するべきだと思われる。


近年において織田信長の人気というものは決して下がることはなく、逆にさらにその深淵に迫りたいという欲求に関しては、年々増しているようにも感じられる。

それは日本人の心の中に、信長の真の姿を見たいという願望や、可能であれば信長的なエッセンスにより歴史がもう一度展開してもらいたいという希望が潜在的に眠り続けており、未だそれが歴史の日の目を見てはいないからではないのだろうか。


私たちはおおいに信長について語り、今は断片となった信長らしさを拾い上げ、その痕跡を一つ一つ磨き上げ再生し、自分たちの意味の中でその本質を消化して安心な自分たち自身の形に変え、今後の生き方についての何らかの発見、再発見することを求めていくのである。

結果無事成功した場合には、これまで私たちが接してきた織田信長という人物の断片を、もはや断片ではないではない総合的な行動原理として、再生することも可能になり得るであろう。

今までにはない、新たな日本人の行動の元型に活かすことができるかもしれない。

私たちが織田信長を語る意義、魅力というものは、まさにその過程の中においてこそ存在していると思われるのである。

【著者略歴】

天美　大河（あまみ　たいが）

大和の国と瀬戸の海を結ぶ悠久の河川、大和川水系。

古代より人々の歴史とともにその流れを変え、歴史の大きな舞台ともなった恵みの水源である。

著者は、大和の国から流れたその川が、最後に古代の古墳群を目前に、海に流れ注ごうとする地で生を受けた。

天美大河の天美とはその生まれた地のことであり、大河とはまさしく大和川のことである。

青年時代は古都奈良の学生として過ごし、歴史や南都仏教は空気のような存在であった。

そして社会に出て医学に携わり、他分野との連携を深める精神心理学の世界を過ごしてきた。

意外なことでもあったが、その中では思っていた以上に歴史について考えさせられることが多かった。

そのような過程において、今までには見なかった歴史の側面を見るようになり、歴史に対する新たな価値観、興味が生まれた。

自然、著者は歴史という大河を巡る旅を始めたくなった。

そして旅を始めるにおいて、そもそも歴史とは何ぞやと考えた瞬間、衝撃的にその存在を示したのが織田信長であった。

この作品は、そういう著者の歴史への思いを受けた処女作である。

著者の歴史の旅が織田信長から始まった理由を見ていただければ、幸いの限りである。

さあ、信長《のぶなが》を語《かた》ろう！

2017年9月13日　第1刷発行

著　者 ― 天《あま》美《み》　大《たい》河《が》

発行者 ― 佐藤　聡

発行所 ― 株式会社 郁朋社《いくほうしや》

〒101-0061　東京都千代田区三崎町 2-20-4
電　話　03（3234）8923（代表）
FAX　03（3234）3948
振　替　00160-5-100328

印刷·製本 ― 日本ハイコム株式会社

落丁、乱丁本はお取り替え致します。

郁朋社ホームページアドレス　http://www.ikuhousha.com
この本に関するご意見・ご感想をメールでお寄せいただく際は、
comment@ikuhousha.com までお願い致します。

©2017 TAIGA AMAMI Printed in Japan ISBN978-4-87302-653-4 C0095